CATORZE DOMINGOS

ADRIANO LOPES ROSSI

GERENTE EDITORIAL
Roger Conovalov

DIAGRAMAÇÃO
Sara Vertuan

REVISÃO
Mitiyo S. Murayama

CAPA
Lura Editorial

ILUSTRAÇÕES DO MIOLO E CAPA
Ezekiel Moura

Todos os direitos desta edição
são reservados a Adriano Lopes Rossi.

Primeira Edição
LURA EDITORIAL - 2021.
Rua Manoel Coelho, 500. Sala 710
São Caetano do Sul, SP – CEP 09510-111
Tel: (11) 4318-4605
www.luraeditorial.com.br
contato@luraeditorial.com.br

Todos os direitos reservados. Impresso no Brasil.

Nenhuma parte deste livro pode ser utilizada, reproduzida ou armazenada em qualquer forma ou meio, seja mecânico ou eletrônico, fotocópia, gravação etc., sem a permissão por escrito do autor.

Dados Internacionais de Catalogação na Publicação (CIP)
(Câmara Brasileira do Livro, SP, Brasil)

Catorze domingos / Adriano Lopes Rossi. Lura Editorial. -- 1. ed. -- São Caetano do Sul, SP : Lura Editorial, 2021.

ISBN: 978-65-86626-62-9

1. Ficção   I. Editorial, Lura.

1. Romance : Ficção : Literatura brasileira
B869.3

ADRIANO LOPES ROSSI

CATORZE
DOMINGOS

lura

Isto é um trabalho de ficção. Os personagens, localidades e incidentes são fictícios e qualquer similaridade com uma localidade, pessoa, ou história de alguma pessoa, produto ou entidade, é inteiramente coincidência e não intencional.

Introdução

Não esperem precisão de fatos. Acurácia de informações. As palavras extraídas da minha memória são incompletas, imprecisas, algo no intervalo entre o que aconteceu e o que eu gostaria que tivesse acontecido. Apesar de ser tudo mentira, é tudo verdadeiro.

Estranho estar, depois de tantos planos frustrados, aqui no subsolo, escrevendo memórias inventadas de uma época mais sentida do que vivida. Não, não morri e fui enterrado. Memórias póstumas estão obsoletas. Estou em um quarto no subterrâneo de um hospital, torcendo para o telefone não tocar, avisando que chegou mais um paciente. Aqui escrevo as palavras que me farão deixar a carreira de médico e seguir a profissão de escritor.

Há poucos minutos estava fora do hospital. Vendo o céu estrelado em uma noite estranhamente calma. Nenhum paciente para atender. Nada para fazer. Enquanto observava a quietude das estrelas, apreciando o feérico ar noturno, uma onda de vento apareceu, avassaladora, e cobriu o céu com nuvens. Nuvens que pareciam cor de rosa. Não eram as familiares nuvens goianas de chuva, nuvens que causam as tempestades de verão que estamos tão acostumados aqui no cerrado. Não. Aquelas eram nuvens de outro tempo. Outro lugar. Nuvens que me remetiam a uma década anterior. Era estranho ver aquele céu curitibano após tantos anos. Era como se um velho amigo de faculdade tivesse vindo me visitar sem avisar. Um velho amigo que te lembra quem você era. Quem você é. Quem você deveria ser. Senti uma urgência ao mesmo tempo esquisita e familiar. Uma vontade de criar. Outra coisa que há muito tempo não sentia. Entrei correndo e fui para o meu canto subterrâneo. Estava com um livro de Jorge Luis Borges nas mãos e, talvez por isso, me sentindo metafísico, quiçá metalinguístico. O que, para mim, torna a última frase do parágrafo anterior quase mística. Basta que um número suficiente de pessoas a leia para que se torne verdade. Um conto de fadas moderno. Algo que se fala para as crianças dormirem tranquilas à noite.

Antes de iniciar a jornada através do curso de medicina (porque essas são as memórias em questão), é necessário entender o tipo de pessoa que eu era. Adolescente, palavra do latim que significa "jovem idiota que se acha adulto". Sério, aos dezenove anos conseguia sentir, no íntimo do meu ser, que tinha entendido a vida, o universo e tudo o mais. Sabia todas as soluções para perguntas nunca feitas. Para piorar, gostava de literatura. Aos 15 anos, comecei a vagar, errante, pela Rússia de Dostoievsky, pela Paris de Hemingway, pela Nova York de Salinger, portanto pegue a parte "idiota" da definição de adolescente e multiplique por mil. Eu não achava que tinha todas as respostas, tinha certeza disso. Por isso, flutuava soberano em meu saber literário sobre o mar de vermes inúteis que nunca tinham ouvido falar de Steinbeck e, ao mesmo tempo, sonhava com um encontro casual em um parque onde uma adolescente perfeita, sentada casualmente na grama com um livro de Guimarães Rosa no colo, iria me olhar nos olhos e entender a profundeza da minha alma. Claro que tudo acabaria em sexo. Esse pedestal intelectual cuidadosamente forjado pelo meu ego era uma válvula de escape para minha extrema inadequação social. A culpa dessa inadequação obviamente não era minha, como poderia ser, já que eu sabia de tudo. A culpa estava, sim, na sociedade que rejeitava um jovenzinho arrogante. Portanto, aos 19 anos, saí do interior de Goiás e fui para Curitiba, sozinho, disposto a ficar o mais longe possível de minha família, que, com certeza, não sabia de nada do que eu estava passando, afinal eu era o primeiro e único ser humano com a sensação de "não pertencer" a caminhar pela face da Terra. Não, é claro que eu não era um clichê. Não sei por que acha isso.

O engraçado é que passei em dois vestibulares. Um em Curitiba, que ficava a 1.100 quilômetros da minha cidade, e outro na FAMERP, que ficava a 350 quilômetros. Poderia ter ficado mais perto, com um clima mais parecido com o que eu conhecia. Só que a distância foi o fator definidor. O mais longe possível! Nem um passo atrás. Ironicamente, voltei. Lá e de volta outra vez. Mas eu... Divago. Ainda estamos na parte em que eu e meu grande ego partimos rumo aos confins desconhecidos da capital paranaense prontos para mostrar ao mundo a superioridade intelectual daqueles que gostam de literatura.

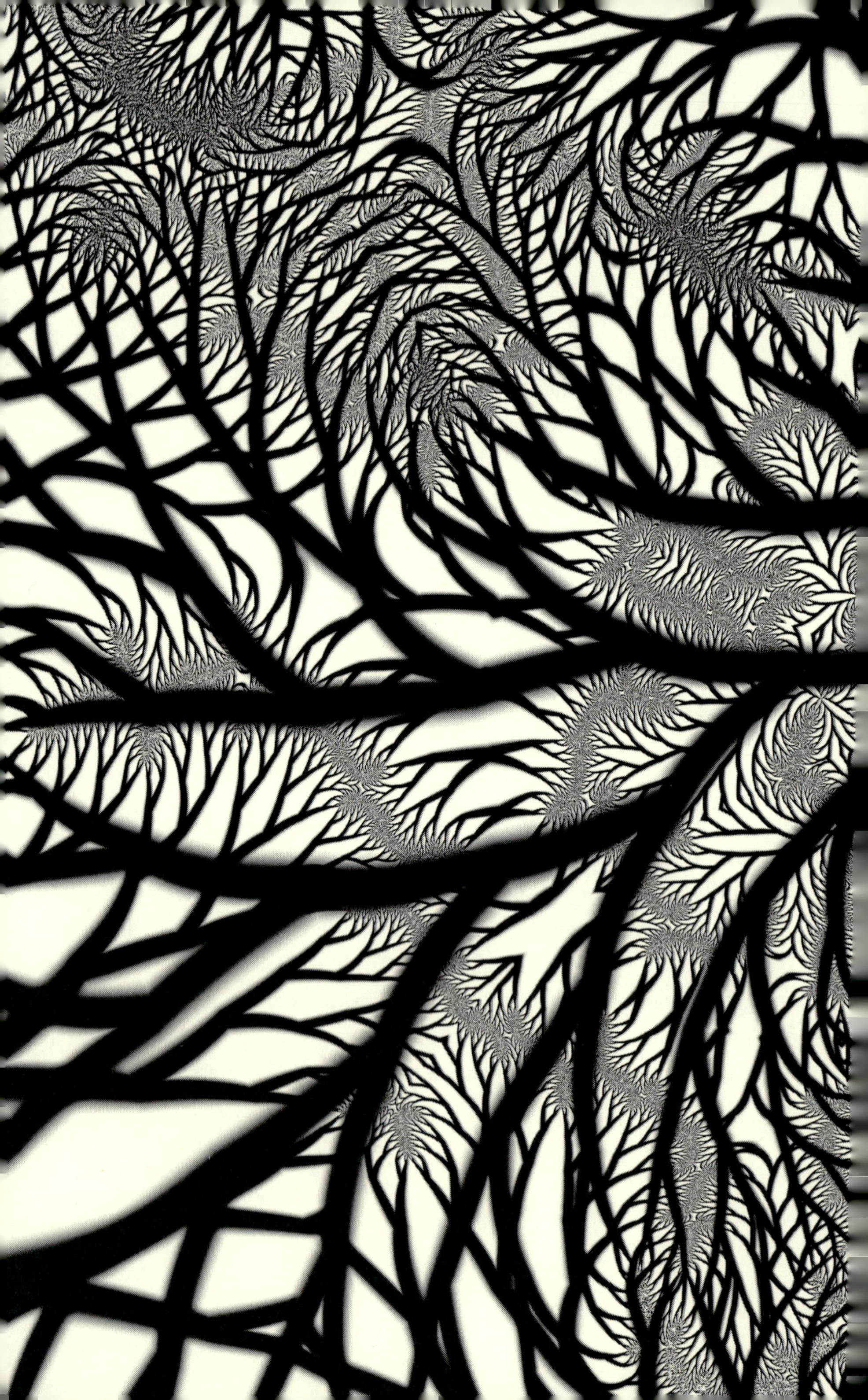

1

Fui para Curitiba uma semana antes do começo das aulas, com meus pais, para procurar apartamento. Quando tinha quinze anos, fizemos uma viagem pelo Sul e ficamos três dias na capital paranaense. Adorei a cidade. Parecia ser segura, as pessoas educadas, nosso hotel era em uma região central e meus pais deram a mim e minha irmã uma liberdade inédita. Podíamos andar por onde queríamos na cidade, pegávamos o ônibus de turismo e descíamos em qualquer ponto. Visitamos o parque Tanguá, o Jardim Botânico, a Rua das Flores, a Ópera de Arame. Foi mágico. Acredito que essa viagem foi um dos motivos que me fizeram querer fazer faculdade em Curitiba. No primeiro ano, as aulas seriam somente no Centro Politécnico, no segundo ano se dividiriam entre politécnico e hospital, para, a partir do terceiro ano, se concentrarem somente no Hospital das Clínicas. Procuramos, portanto, alguma morada próxima ao hospital, mas que também desse fácil acesso ao Centro Politécnico. Visitamos diversas quitinetes, pensionatos, até que, depois de quatro dias, encontramos um apartamento de um quarto que ficava a três quadras do hospital e a uma quadra do ponto de ônibus que levava ao Centro Politécnico. Estava no limite do orçamento, mas era perfeito. Nos outros dias, visitamos brechós para mobiliar o apartamento. Meu canto. Era excitante ter um lugar só para mim. Entre uma visita de apartamento e outra, fomos ao Passeio Público, à Santa Felicidade. À noite, antes de dormir, dava meus primeiros passos no mundo sem pontuação de José Saramago. Tinha a certeza de que tinha feito a escolha certa indo para Curitiba. Estava ansioso para o início das aulas, com elas, minha nova vida. Naquela época, toda mudança era excitante.

Foi dada a largada. Primeiro dia de aula. Era mais uma apresentação do que aulas de fato. Fomos recepcionados pelos veteranos, alunos do terceiro período que nos encaminharam até um anfiteatro no hospital, onde tivemos diversas palestras. No primeiro dia, já via turminhas serem formadas, sorrisos, cumprimentos, gargalhadas, cumplicidade. Aquilo me assustou. Parecia que as pessoas se conheciam há anos. Como era possível? Senti aquela pesada atmosfera de falsidade e me fechei confortavelmente dentro de mim mesmo. Sequer olhei para a colega sentada ao meu lado durante as maçantes palestras. Nada foi dito de relevante, todas as falas pasteurizadas dizendo mais do mesmo, nenhum trecho digno de recordação. Exceto a última palestra. Um senhor, nascido no início do século vinte, começou a falar sobre os valores que os médicos deveriam ter. Médico não pode se embebedar. Médico não pode procurar prostitutas. Deveríamos ser um farol de moral indicando os rumos a serem seguidos pela sociedade. Finalizou exaltando a revolução de sessenta e quatro que salvou o Brasil do golpe comunista. Eu fiquei chocado. Toda aquela falsidade entre meus colegas, que em um dia já conseguiram se dividir em panelinhas. Um neandertal que nunca tocou em um livro de história falando atrocidades. Já tinha assinado o papel necessário para garantir minha matrícula e decidi não ir a nenhuma das atividades programadas para a tarde. Depois de almoçar em um restaurante barato, andei pelo centro da cidade, sem rumo. Peguei a Rua Quinze de Novembro e segui adiante, passando na frente do imponente prédio da Faculdade de Direito. Sentei em um banco da praça para admirar a arquitetura do lugar. Os helênicos, tão presentes naquela arquitetura, pareciam estar bem longe do pensamento da Faculdade de Medicina. Continuei minha caminhada pela rua, que agora virava um calçadão, tentando sentir a cidade. Com as mãos nos bolsos, sentia o frio passando através da fina malha de meu moletom. Meus pés estavam gelados. Uma fina garoa começou, as gotas pareciam lâminas cortando meu rosto. Vi a rua inteira parar e abrir um guarda-chuva. Uns tiraram-no da mochila, outros da bolsa, todos preparados. Comecei a ver que a mudança climática era uma constante na cidade. Achei uma marquise e fiquei um tempo olhando para cima, vendo o céu, de um branco opaco, que não dava pistas sobre o término da chuva. Olhei para minha esquerda e vi um jovem com sobrepeso, vestido em um tipo de farda, composta por uma camisa verde, calça marrom e botas, também marrons, balançando uma imensa flâmula vermelha, com a sigla TFP: Tradição, Família, Propriedade.

    A chuva engrossara. As pessoas pareciam alheias ao indivíduo e sua bandeira, cada vez mais molhados. Ele não parecia se importar. Eu também não me importei. Abandonei a proteção da marquise e deixei a água gelada encharcar minhas roupas. O frio endurecia minhas mãos, meus lábios, minha alma. Vira o Zahir da cidade e não era bonito. Assim que coloquei os pés em casa, a chuva parou. Olhei para cima e amaldiçoei o céu em silêncio. O clima também parecia dizer que eu não era bem-vindo ali. Tirei a roupa molhada, tomei um banho quente, e mesmo assim não me senti melhor. Enrolei-me em meu pesado cobertor, que tinha um tigre estampado. O cobertor fora um presente que minha mãe ganhara no casamento porque Catalão era considerada muito fria para os padrões dos meus avós, que moravam em Goiânia. Agora o tigrão ficava comigo, ele também aprendendo o que era frio de verdade. Fechei os olhos e torci para que Morfeu fosse bondoso.

O restante da semana foi melhor. Tivemos reuniões de apresentação ao Centro Politécnico, ao diretório acadêmico, que por sinal era uma piada. Um lugar onde garotos fingiam que estavam fazendo alguma coisa para mudar o mundo. O Centro Politécnico, apesar de mais interessante, ainda era um lugar onde jovens pensavam que faziam a diferença, portanto, uma imbecilidade. Existia uma história de que haviam pegado a planta de uma prisão para desenhar os prédios (não sei se é verdade e não me importo). Era composto por vários prédios cúbicos entremeados com grandes gramados habitados por uma rica fauna de quero-queros. Acredito que colocaram os primeiros anos ali para tentar integrar os alunos da medicina com os alunos de outros cursos, tentar diminuir um pouco a soberba dos "doutores". Infelizmente, a iniciativa não deu muito certo. Na verdade, nem os outros cursos interagiam muito. Era cada um na sua sala, assistindo suas aulas, ligando o foda-se para o resto. Eu ligava o foda-se para o resto. O prédio onde tínhamos aulas era frio, gelado, cinza e, de fato, parecia uma prisão. A única coisa interessante é que, em uma espécie de jardim de inverno cercado por vidro com uma abertura para o céu, um urubu sempre chocava. Então, no meio de todo aquele concreto cinza, às vezes víamos um filhote de urubu, branco e horroroso, através do vidro. Tinha certeza de que nunca conseguiria gostar daquele lugar. Estava certo. Obviamente havia festas. Ignorei todas. Ficava em casa com meus livros e gibis, desejando nunca ter saído de minha cidade. A cada dia que passava os risos e gargalhadas dos meus colegas aumentavam. Versão miojo de amigos. Ficaram prontos em três minutos de conversa. Não, não era aquele tipo de amizade que eu queria, que ficássemos eu e Fernando Pessoa, num quarto, sós, com o grande sossego de nós mesmos.

Aquela semana de apresentação, que pareceu um mês, finalmente passou, agora entraríamos no mundo real. Aproveitei o final de semana e fui até o Passeio Público. Ficava a menos de dez minutos de caminhada de casa, uma espécie de mini-zoológico, com macacos e diversas espécies de pássaros. Andei sob a proteção das árvores e vi uma charmosa construção elevada. Subi as breves escadas de pedra e me vi no topo de um tipo de domo, com bancos de madeira. Um lugar que poderia ser usado por um parlamento de fadas. Deitei em um dos bancos de madeira e inspirei o ar fresco que vinha das plantas e líquens espalhados pelo parque. Fiquei um tempo aproveitando a quietude. A faculdade iria começar de fato e era bom me abastecer de calma antes do retorno à falsidade, na segunda. Depois de um tempo, voltei para casa e, quando peguei minha grade de horários, fiquei maravilhado. Aulas teóricas, é claro, mas uma coisa nova, quase mágica. Aulas práticas. Nunca soube o que era isso. A ideia de ter algo, além de um professor palestrando na frente, parecia muito interessante. O sistema da faculdade era dividido em módulos. Teríamos três matérias nos primeiros dois meses e depois mais duas matérias nos últimos dois meses. Somente os primeiros anos seriam assim. Por um lado, era melhor, porque limitava o que teríamos que aprender a dois meses, por outro lado, era muita coisa para aprender em pouco tempo. Nos primeiros dois meses, teríamos biologia celular, bioquímica e outra matéria. Não lembro. Não me importo o suficiente para olhar meu histórico escolar. As aulas práticas de bioquímica eram uma piada. Na maior parte do tempo, ficávamos resolvendo problemas ou tirando alguma dúvida. Não fazíamos nenhum experimento. As de biologia celular eram melhores. Microscópios. Aquela estranha máquina que revelava o mundo interior, as entranhas, os literais porMENORES das coisas. Trocadilho infame. Aprendemos as maravilhas da hematoxilina e eosina. No começo foi ótimo. Adorava olhar através daquelas lentes, ver do que somos feitos. Até que ficou chato. Repetitivo. Como a vida. No primeiro dia de aula de Biocel (nome íntimo para Biologia Celular), tivemos que nos dividir em grupos para fazer uma apresentação, um seminário. Em dez segundos, todos os grupos estavam formados. Impressionante. Todos se conheciam. Eu queria ficar em um grupo com alguma menina. Quem sabe ela poderia ser a moça dos meus sonhos que lia Jack Kerouac no gramado do Jardim Botânico. Não tive essa chance. Éramos quatro homens sentados na última fileira. Nos entreolhamos e, sem uma palavra, sabíamos. Nosso grupo estava formado. O mais engraçado é pensar que, dos grupos que se formaram instantaneamente, nenhum deles ficou junto até o fim da faculdade. Nós quatro, o grupo dos excluídos, ficamos juntos até o final e ainda hoje somos amigos. Mas, naquela época, ainda não éramos e não ficamos amigos imediatamente. Eu ainda estava muito concentrado em mim mesmo para deixar qualquer um ser meu amigo.

Os primeiros dois meses foram fáceis. Não tive nenhuma dificuldade nas primeiras matérias. Estudava na véspera das provas e tirava notas boas o suficiente para não pegar prova final. Porém, o primeiro choque aconteceu. Durante todo o segundo grau, eu fora o melhor aluno da sala. Número um. Agora, estava longe dos melhores. A vantagem é que também estava longe dos piores. Encontrei meu lugar no meio. Invisível. E isso era ótimo. Meus professores do segundo grau tinham altas expectativas. Esperavam que eu fosse bom. Esperavam o melhor de mim. Era muito cansativo. Agora os professores não se importavam comigo mais do que eu me importava com eles. Perfeito.

Nesses dois primeiros meses morando em Curitiba, nunca senti tanto frio em minha vida e o motivo era claro. Minhas roupas eram insuficientes. Simples assim. E, por mais que minha mãe insistisse para que comprasse roupas mais quentes, eu me recusava. Só compraria roupas quando ela fosse comigo. Garoto mimado. Nessa época, também não tinha muito dinheiro. Não me entendam mal. Não passava dificuldade alguma, porém comia no restaurante universitário, evitava gastos e calculava o dinheiro para não faltar. Almoços no shopping eram um luxo e idas ao cinema, regradas. E eu adorava cinema. Durante o cursinho, adquiri o hábito de ir ao cinema sozinho. Achava ótimo, conseguia fugir do meu próprio eu patético por alguns instantes e viver diversas realidades alternativas. Mas idas frequentes ao cinema eram impossíveis. Podia ir uma, talvez duas vezes ao mês. Até que um dia...

Um dos meus colegas de faculdade, um dos que fez o seminário de Biologia Celular comigo, me chamou, numa quarta, para ir ao cinema. Disse que uma colega nossa estava dando mole para ele e queria mostrar algum interesse, só que não estava planejando ficar com a garota, por isso me chamou para ir também. Nessa época, quartas eram os piores dias. Nas quartas não tinha aula à tarde. Eu almoçava, dormia, lia, olhava no relógio e não eram nem seis horas. Não tinha mais nada para fazer. Não conseguia assistir à novela, até hoje não consigo, não consigo enxergar o entretenimento proposto, só acho enfadonho. Meus jogos de videogame já estavam ultrapassados. Tentava ler um pouco mais, insistir no mundo literário, só que meus olhos estavam cansados. Minha alma estava cansada. Sem contar que não tinha dinheiro para comprar tantos livros. Na biblioteca do Centro Politécnico, não havia literatura, somente livros técnicos. Portanto, eu ficava quase louco dentro de casa, sem fazer nada, cansado de minha própria companhia. Quando recebi o convite para ir ao cinema, abracei aquilo como uma benção. Tinha que sair de casa. De repente, cheguei ao shopping e vi que, na quarta-feira, o ingresso custava um terço do preço. Com a carteirinha de estudante, metade de um terço. Era lindo. Um mundo de possibilidades se abria. Poderia ir ao cinema todas as quartas feiras sem nenhum prejuízo ao meu orçamento. Esta primeira quarta maravilhosa vi na telona um filme que fazia referências claras a Hemingway. Voltei para casa a pé, perguntando ao meu amigo (agora ele já era meu amigo) por que não queria ficar com a menina, que, na minha opinião, era bonitinha. Engraçado que ele não conseguiu me dar nenhuma explicação que fizesse sentido. Hoje, os dois são casados.

Cheguei ao meu prédio aquela noite e vi um esguio senhor com óculos circulares segurando uma caixa de papelão enquanto outra repousava aos seus pés, esperando o elevador. Cumprimentei-o com um aceno de cabeça que ele retribuiu. Quando o elevador chegou, ajudei-o com a outra caixa e entramos no elevador. Coincidentemente, paramos no mesmo andar. Vi, então, a porta do apartamento 404, o apartamento de frente ao meu, aberta. Ele seria meu novo vizinho. Como sempre, eu tinha esperança de ter por vizinha uma ninfa dionisíaca, que me chamaria para tomar café da manhã com um roupão frouxo, sem calcinha ou sutiã, e teríamos uma manhã tórrida. Não. Não nesta vida. Ajudei meu novo vizinho a levar suas caixas para seu apartamento e, meu Deus, como eram pesadas. Quando depositei meu volume no chão, estendi a mão para ele e disse:

— Adriano, muito prazer.

Ele apertou minha mão e respondeu:

— Herman.

— Desculpe a intrusão, mas por que estas caixas estão tão pesadas?

— São meus melhores amigos — falou sorrindo — livros.

— Literatura?

— Literatura, filosofia, música. Mas principalmente literatura. Gosta de ler?

— Acho que leio até mais do que é saudável. Não sou muito sociável.

— Nunca se pode ler demais, eu acredito. Que coincidência morarmos tão perto — ele apontou para algumas caixas empilhadas entre duas cadeiras onde parecia ter uma mesa improvisada — você pode ver que está um pouco bagunçado aqui, mas não é sempre que tenho a oportunidade de conversar com outro apaixonado pela literatura. O que está lendo no momento?

— *A montanha mágica*!

— Excelente obra. Muito bom

Ele levantou-se, pegou dois copos e uma garrafa de refrigerante. Era estranho estar ali, na casa de um estranho, tomando refrigerante, só que o que ele disse era verdade, não é sempre que surge a oportunidade de conversar sobre literatura. Começamos nos tópicos literários, para depois passarmos pela filosofia e, em seguida, a sociedade. Dois seres inaptos para o convívio social, buscando refúgio nos mundos imaginários que, pelo menos, tinham sentido, enquanto o mundo real vivia tropeçando em sua própria miséria, sem reconhecer os gênios intelectuais bem diante de seus narizes. Conversamos por cerca de duas horas, quando vi que começava a ficar tarde. Levantei, apertei sua mão direita para me despedir. Com a mão esquerda, ele apertou meu ombro, deu um sorriso e fez um sinal afirmativo com a cabeça. O segundo toque parecera ser necessário para constatar que eu também era um literato.

O segundo módulo começou. Fisiologia era fácil. Conseguia entender o sentido, o funcionamento, a inter-relação entre os diversos sistemas do organismo. Estudava fisiologia sem nenhum sofrimento. Mas anatomia era um caos. Eu, que sempre me vangloriei por ter uma boa memória, não conseguia memorizar os malditos nomes. Acetábulos, epicôndilos, ligamentos, trocânteres, artérias, nervos. Tudo tinha um nome. A artéria passa por aqui, o nervo por ali. As aulas eram intermináveis e todos aqueles nomes não entravam em minha cabeça. As aulas práticas que, em tese, serviriam para ilustrar o que víamos na teoria, eram o mais próximo que já cheguei do inferno. A primeira experiência no laboratório de anatomia foi horrível. A atmosfera de formol era pesada, o cheiro ácido estuprava minhas narinas, enquanto os restos volatilizados de um filho do carbono e do amoníaco se depositavam no fundo da garganta. Os pedaços de corpos esverdeados ficavam esparramados nas mesas, fragmentos de quem um dia andou pela mesma terra que eu me davam uma aula sobre o que era a verdadeira e literal reificação do homem. Mas aqui sou obrigado a dizer a verdade. O que eu odiava, em anatomia, era ir ao encontro de minha próxima incapacidade de aprender uma matéria. Minhas notas não serem as melhores, eu justificava para mim mesmo pela minha própria falta de estudo. Estudava na véspera das provas e conseguia me sair suficientemente bem. Ainda podia me achar um cérebro iluminado. Com a anatomia, a matéria simplesmente não parecia se fixar em meu cérebro. Em vez de me afundar no Netter e enfrentar este problema como um homem, peguei um desvio no canal do Panamá e fui até Cuba atrás de um marlim gigante. Subi até o México para ver as touradas. Tentei combater Franco na Espanha. Qualquer coisa era melhor do que estudar anatomia. Depois das aulas práticas, ia para meu canto especial no Passeio Público e imaginava o festim de fadas e trolls que acontecia ali durante a noite. Ainda assim, apesar de toda a dificuldade, acreditava que conseguiria passar sem problemas. Recebi um tapa na cara quando vi minha média. Eu estava três décimos abaixo da média para passar sem prova final.

Fiquei sem palavras. Olhava continuamente para o resultado como se isso fizesse de alguma forma os números mudarem, porém o 6,7 continuava lá, gritando na minha cara. Depois de quatro meses de vida curitibana, meu coração, ansioso pelas férias, ainda teria que ficar mais uma semana sozinho, estudando a matéria que mais odiava, correndo o risco de ter que fazê-la novamente. Na prova final, eu só precisava tirar 3,3 para conseguir a média cinco e ser aprovado, uma tarefa fácil, ainda assim, a sombra da reprovação estava lá. É claro que eu não era o único que havia ficado para fazer a prova final, anatomia era uma das matérias que mais deixava as pessoas de prova final, mas elas não eram eu. Eu era um gênio entre insetos, como era concebível que um gênio pegasse prova final? Isso acabava com toda e qualquer ilusão de ter uma inteligência acima da média, de ser um mestre incompreendido. Eu era só mais um adolescente lutando contra minhas próprias limitações, no limite da idade adulta. E isto me fez questionar vários dos meus valores. Minha imersão literária parecia não me tornar melhor do que ninguém, afinal. Fui para casa com a cabeça baixa, deite e chorei no travesseiro como um merdinha mimado. Obviamente não contei para ninguém.

Desta vez me aprofundei nos livros e atlas de anatomia. Não podia repetir esta maldita matéria. Lia os livros, olhava os atlas e, quando tentava relembrar os nomes dos músculos, artérias, nervos, me embaralhava todo. Tremia em saber que, mesmo que conseguisse de fato passar na prova final, ainda teria que fazer Anatomia II. Anatomia I era somente o primeiro passo. Não, não pensei em desistir. O pensamento de desistir nunca passou pela minha cabeça em nenhuma das minhas crises de desespero. Caso algum dia eu optasse por desistir, seria da vida por completo, não somente de uma faculdade.

Mal preparado e com um frio na barriga, fui fazer a prova. Uma manhã qualquer, um dia de semana de que não me lembro. Minha passagem de ônibus para casa já estava comprada. Independentemente do resultado, na manhã seguinte, pegaria dezoito horas de ônibus e chegaria a Catalão. Pelo menos este pensamento me confortava. Entrei na sala e vi as questões. Não tinha certeza de nenhuma. Se fosse uma prova em que eu tivesse que escrever as respostas, com certeza reprovaria. Felizmente, era de múltipla escolha e uma área obscura de meu subconsciente sabia algumas respostas. Agora só me restava esperar o resultado, que sairia depois do almoço. Felizmente (para mim e não para ele), o mesmo colega que me desvendara os mistérios do cinema de quarta também tinha que fazer a prova final, por isso fomos almoçar juntos e, juntos, esperamos o resultado temido. Por volta de uma da tarde, voltamos para o Centro Politécnico e fomos até a parede onde as notas seriam fixadas. Aprovado. Que alívio. Voltei para casa com um sorriso leve no rosto. Aquele seria meu último dia em Curitiba antes das abençoadas férias. Estava animado, não conseguia ficar em casa e decidi ir até o Passeio Público visitar meu lugar favorito. Saí de casa eram quase cinco horas, o clima do início de dezembro estava quente e o céu começava a apresentar os primeiros tons alaranjados do crepúsculo. Porém, o clima curitibano é imprevisível. Quando coloquei os pés no parque, uma densa névoa pareceu cobrir o gramado. Não era especialista em meteorologia paranaense, mas as névoas em geral caíam no início da manhã e se dissipavam à tarde. Essa névoa vespertina, súbita, me causou algum estranhamento, entretanto, não dei maior importância . Apesar da visibilidade ruim, eu conhecia o caminho e segui na direção do pequeno pináculo elevado onde gostava de passar as tardes. A atmosfera pareceu se tornar mais densa e a luz parecia esquisita, o alaranjado do crepúsculo e o alaranjado da luz dos postes, que já começavam a acender, se misturavam em uma amálgama fluída com tom metálico. Além disso, alguns pontos luminosos esverdeados, que pareciam pequenos vagalumes, dançavam na bruma. Cheguei até a familiar parede de pedras e a escada que subia, ao invés de subir, descia em uma direção desconhecida rumo às entranhas da cidade. Com uma curiosidade incaracterística, desci as escadas sem um pingo de receio, como se aquela mudança arquitetural fosse não só comum como esperada. A escada se transformou em um túnel sem nenhum ponto de iluminação, porém ainda assim iluminado por uma luz verde e etérea que emanava das próprias moléculas de nitrogênio do ar. Cheguei até um portal de pedras com estranhos símbolos cravados nas duas laterais. As letras alfa e ômega, que reconhecia das aulas de matemática, brilhavam com uma luz vermelha própria, alfa à esquerda e ômega do outro lado, à direita. Entre elas, *Alef. Lam. Mim.* Emitindo uma anti-luz incolor. Sob meus pés, o mantra *om mani padme hum* ressoava com o som de cada passo. Atravessei o portal que nunca se abre, porém está sempre aberto. A luz da atmosfera oscilava do verde para o azul e letras desconhecidas brilhavam em vermelho e roxo nas paredes. Eu virei para a direita. Virei à esquerda. Seguia pelos corredores. As paredes pareciam se estreitar. Abri os braços e encostei nas paredes, da direita e da esquerda, ao mesmo tempo. Olhei para cima e vi que, de uma grande cúpula redonda, emanava um brilho amarelado. As paredes não iam até o teto, paravam cerca de dois metros acima de mim, e a cúpula ficava lá no alto, intocada, impossível, insustentável. Continuei caminhando, a cada passo tinha que encolher um pouco mais os braços. Sempre em frente, fui obrigado a ficar de lado para prosseguir à medida que as paredes se estreitavam.

Virei a cabeça de lado e estiquei a mão esquerda para encontrar um vão. Uma fresta. Uma saída. Com a pressão da parede no peito, forcei minha passagem sem receio algum de ficar preso. Com a ponta dos dedos, firmei na borda e puxei o resto do corpo, que recusava a se mover. Entalado. Murchei a barriga, contraí as panturrilhas e o bíceps ao mesmo tempo, fazendo com que eu atravessasse a fresta e caísse para frente. Palmas das mãos e joelhos no chão. Uma ampla cúpula redonda se abria, espaçosa. Zéfiros róseos brincavam no ar noturno que esfriava, rareava. Meu peito arfava, sem conseguir absorver oxigênio suficiente. Do outro lado da cúpula, uma criatura imensa caminhava em minha direção. Com esforço, coloquei-me em pé e fui ao seu encontro, devagar. A criatura parecia segurar uma arma que repousava sobre o ombro. Sem medo, ergui a cabeça à medida que os zéfiros dissipavam a bruma. O ar gradativamente voltava a obedecer minhas súplicas e adentrava minhas narinas. Não, a criatura não carregava uma arma. Era uma pena. Uma gigantesca pena de *roc*. A criatura tinha a cabeça bovina, uma gigantesca argola dourada nas narinas, tórax de homem e pernas de touro. Aproximava-se. Ficamos frente a frente, sua cabeça vários centímetros acima da minha. Encaramo-nos e ela murmurou algo ininteligível em sua língua bovina, apesar disso consegui entender o comando e estendi a mão direita com a palma para cima. Ele segurou minha mão com sua mão esquerda e com a pena na mão direita cortou, com uma destreza inenarrável, um símbolo na palma de minha mão. A dor irradiava através dos meus ossos para o corpo inteiro. Estranhamente, não saiu uma gota de sangue. De repente, o telefone toca. Assustado, acordo em meu quarto subterrâneo.

Chegou mais um paciente. Acendo a luz e olho para a palma da mão direita e vejo uma cicatriz: ℵ
Um *alef*.

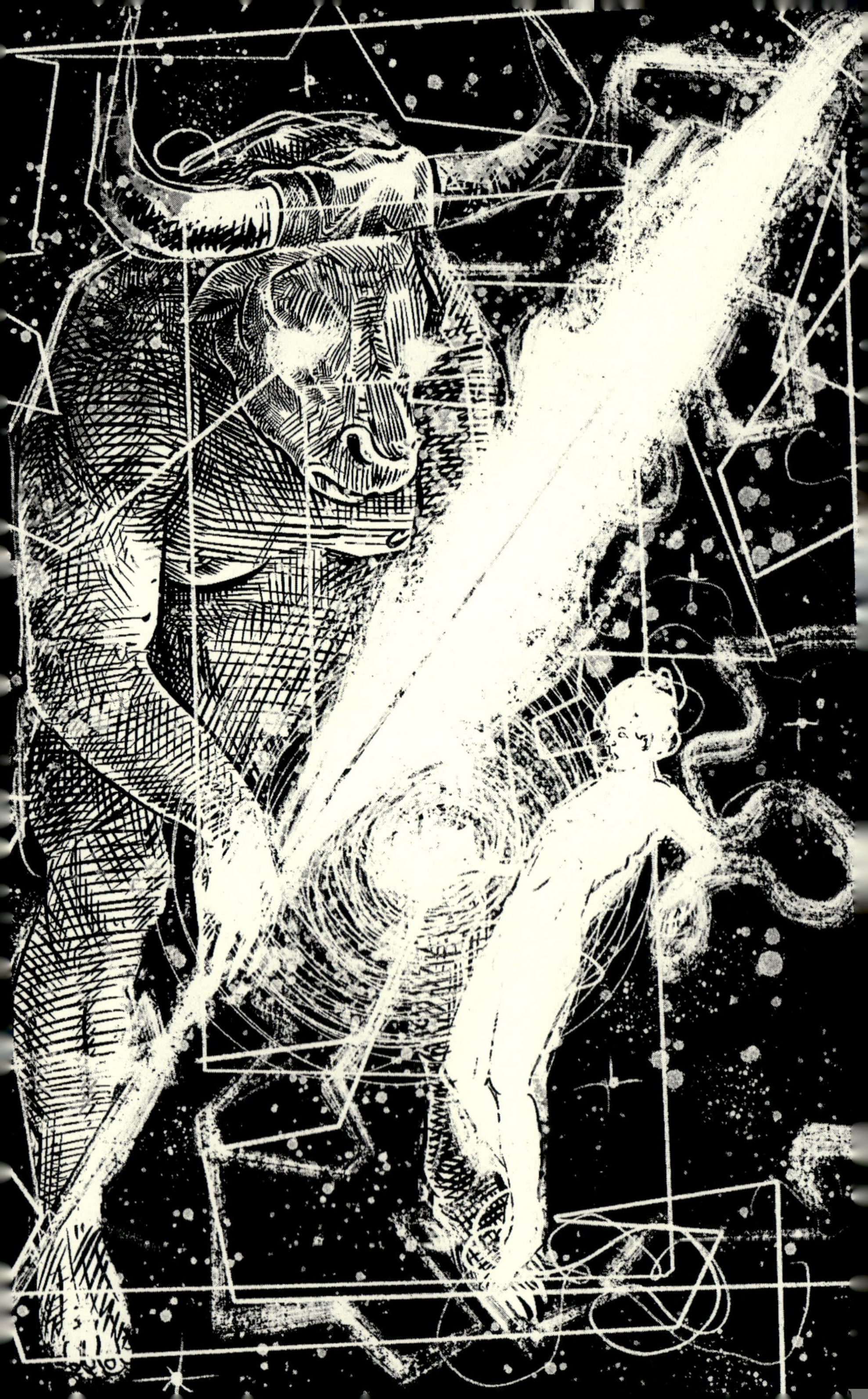

2

As férias foram boas, mas tudo, tanto o bom quanto o ruim, acaba. Mais uma vez me despeço de minha família e entro no ônibus. Dezoito horas de viagem. Na época, todo mundo encontrava passagens de avião baratíssimas. Quase de graça. Menos eu. Todo animadinho, ia olhar a passagem de avião e a filha da puta estava três vezes o preço da viagem de ônibus. Era obrigado a comprar a passagem de ônibus e partir rasgando o asfalto mais uma vez. Por mais que fosse longa, a viagem em si não me incomodava. Dormia, lia, escutava música, imaginava uma beldade sentando ao meu lado e fazendo sexo oral em mim. Nunca aconteceu.

Neste segundo semestre, fisiologia e Anatomia II. Terrível. Era logo no primeiro módulo. Não lembro de nenhuma outra matéria do segundo semestre. A anatomia me amedrontava. O cheiro de formol me assombrava, antes mesmo de senti-lo. Eu teria que saber qual artéria irrigaria cada órgão e suas ramificações. Estava amedrontado. Porém, quando as aulas começaram, vi que Anatomia II englobava neuroanatomia e esplancnologia (o estudo dos órgãos internos). O que poderia parecer uma dificuldade se tornou um alento. Esplancnologia eu não conseguia entender. Minhas velhas dificuldades com anatomia voltavam. Porém, neuroanatomia me parecia compreensível. Tal parte do cérebro faz tal coisa. Honestamente, até hoje não sei explicar a diferença, não sei nem se existe uma diferença clara entre neuroanatomia e a anatomia normal (do ponto de vista do aprendizado, afinal temos que memorizar muitas coisas em ambas), mas o fato é que neuroanato fazia sentido na minha cabeça. Comecei a faculdade um pouco mais tranquilo e torci para que a nota de uma compensasse a da outra.

No começo do segundo semestre, a mãe de um dos meus colegas faleceu. Senti pena do cara, apesar de não me sentir triste, ou mal, ou qualquer coisa do tipo. A vida é a vida, até não ser mais. Porém, inúmeros colegas meus o abraçavam, choravam. Éramos uma turma de noventa pessoas e, sinceramente, é impossível fazer uma amizade que cause tanta empatia em seis meses, mesmo assim, a morte da mãe dele parecia ser uma tragédia pessoal para cada um que estudava na mesma turma. Mais uma vez, o Zahir curitibano se mostrava. Escreveram no quadro a data do velório, liberaram a turma das aulas à tarde. Tinha certeza de que aproveitaria aquela tarde para dormir, talvez visitar uma praia argelina nos meus livros, porém a curiosidade para conhecer a floresta dos homens esquecida falou mais alto. Não, eu não me importava com a morte da mãe de meu colega. Só queria ver o cemitério. Por isso, peguei dois ônibus e fui até lá, sob o pretexto de dizer meus pêsames para o coitado (não me atreveria a dizer meus sentimentos, não havia nenhum).

Quando cheguei ao cemitério, não foi difícil encontrar onde a mãe de meu amigo estava sendo velada. Vários colegas de sala rodeavam a porta. Cumprimentei aqueles que encontrei no caminho, entrei na sala, fiz um cumprimento solene ao filho da falecida e saí. Queria andar um pouco pelos túmulos, ver um pouco de verde. Nas poucas vezes que fui a um cemitério, estava de luto, portanto não conseguia aproveitar para sentir toda a paz que o lugar transmitia. Caminhei pelos caminhos, li algumas epígrafes, respirei um pouco de ar puro. O céu estava extraordinariamente azul. Dias assim não são comuns na capital paranaense. Não fiquei muito tempo em meu passeio, para meus colegas não me acharem um esquisito, e voltei até a capela. Fiquei lá um pouco mais, cumprindo minha obrigação social, olhei para o lado e vi um jovem com o cabelo preto penteado para trás, um sobretudo com a gola levantada, fumando em um canto. Ele não parecia feliz ou triste, só estava, existia. Perguntei quem era e me disseram que era o irmão de meu colega, se chamava Alberto. Achei de bom tom cumprimentar o outro filho da defunta. Fui até ele, estendi a mão e disse:

— Meus pêsames. Meu nome é Adriano, sou colega do seu irmão.

Ele me cumprimentou, respondendo:

— Alberto. Quer um cigarro?

Eu não fumava. Não fumo até hoje. Não como um hábito, pelo menos. Mas de vez em quando dou uma tragada, ajuda a relaxar. Naquela época, tinha feito um "aerossol de nicotina" poucas vezes. Só que não tinha nada para fazer com minhas mãos e fumar ajudaria a evitar o silêncio desconfortável. Peguei um cigarro e o acendi, com um pouco de dificuldade já que, apesar do sol brilhar alto, ventava muito aquele dia. Devolvi o isqueiro e disse:

— Obrigado. Muito triste o que aconteceu.

— Não acho. Hoje não é um dia tão triste. Minha mãe estava idosa. Não andava. Não comia sozinha. Não conseguia travar uma conversa. Alzheimer avançado. Era pouco mais que um vegetal. Descansou. Toda essa comoção aqui, sinceramente, não faz sentido. Quem a conhecia sabia que ela não tinha muito tempo. E, além do mais, acontecerá com todos nós, não é mesmo?

Levantei os ombros, reconhecendo seu argumento. Alberto abriu o sobretudo para guardar o isqueiro e vi o cabo de um revólver. Devo ter feito alguma expressão de susto, porque ele notou, sorriu para mim e me chamou até um canto um pouco mais afastado, longe da vista dos curiosos. Pegou o revólver, um trinta e oito de cano curto, que só conhecia dos filmes de mafiosos, e me entregou. Era muito mais pesado do que eu imaginara. Abri o tambor, estava carregado. Devolvi o objeto para ele, que o guardou e esperou a pergunta. Até que eu a fiz:

— Por que você anda armado? É policial?

— Não sou policial nem bandido, só adquiri este hábito. Não sei exatamente o porquê. Quer dizer. Talvez eu seja bandido, mas não estou foragido.

— Já usou a arma, então? — perguntei com curiosidade.

— Já. Matei um muçulmano na praia uma vez.

— Sério?

— Sério.

— Por quê?

— Não sei. Ele parecia ser um idiota. Tivemos uma discussão antes. Ele tinha uma faca. O sol refletiu de um jeito estranho na faca. Podia ter evitado. Só que estava com o revólver no bolso. Nem me lembro do primeiro tiro, só lembro dele, estendido no chão, segurando o pescoço enquanto o sangue escorria pelos seus dedos. Dei mais dois tiros no peito para ele parar de se mover.

— Caramba? E você não foi preso?

— Fui. Mas, conhece a justiça brasileira, né? Depois de dois anos, fui solto. A vida na cadeia era tranquila. Eu tinha curso superior e dinheiro. Pelo menos, lá dentro conseguia um pouco de sossego. Depois que saí da cadeia continuei andando armado. Parecia certo.

— Não se sente mal por ter matado alguém?

— Ele era muçulmano, espero que esteja no paraíso comendo tâmaras e ensinando a 72 virgens a arte do sexo. Sei lá cara. É como aquela música do Springsteen, "Todos os homens e mulheres querem andar pelo caminho virtuoso e encontrar o amor de Deus". Nunca encontrei esse amor. Seguindo na mesma música: "Quando olho para o meu coração, só vejo demônios e poeira."

— Tem razão. Quando era mais novo, acreditava piamente nas palavras do padre. A fé foi morrendo à medida que minha curiosidade aumentava. Mas a ideia de que daqui a milhões de anos ainda vou estar morto me apavora. Faz meu coração acelerar. Depois que eu morrer, podem se passar quinze trilhões de anos e vou continuar morto. O período que eu estou vivo nesta terra é insignificante. Para onde vai toda nossa luta? Tudo o que eu senti? Tudo o que eu acho que é importante?

— Por isso que nada é importante. Nada de fato tem importância. Matei um muçulmano e talvez ele esteja de fato comendo tâmaras no paraíso, só que é mais provável que os vermes tenham tido um banquete. Agora mesmo. Querem que eu me desespere porque minha mãe morreu enquanto ela, quando viva, nem sabia o que estava acontecendo a sua vol-

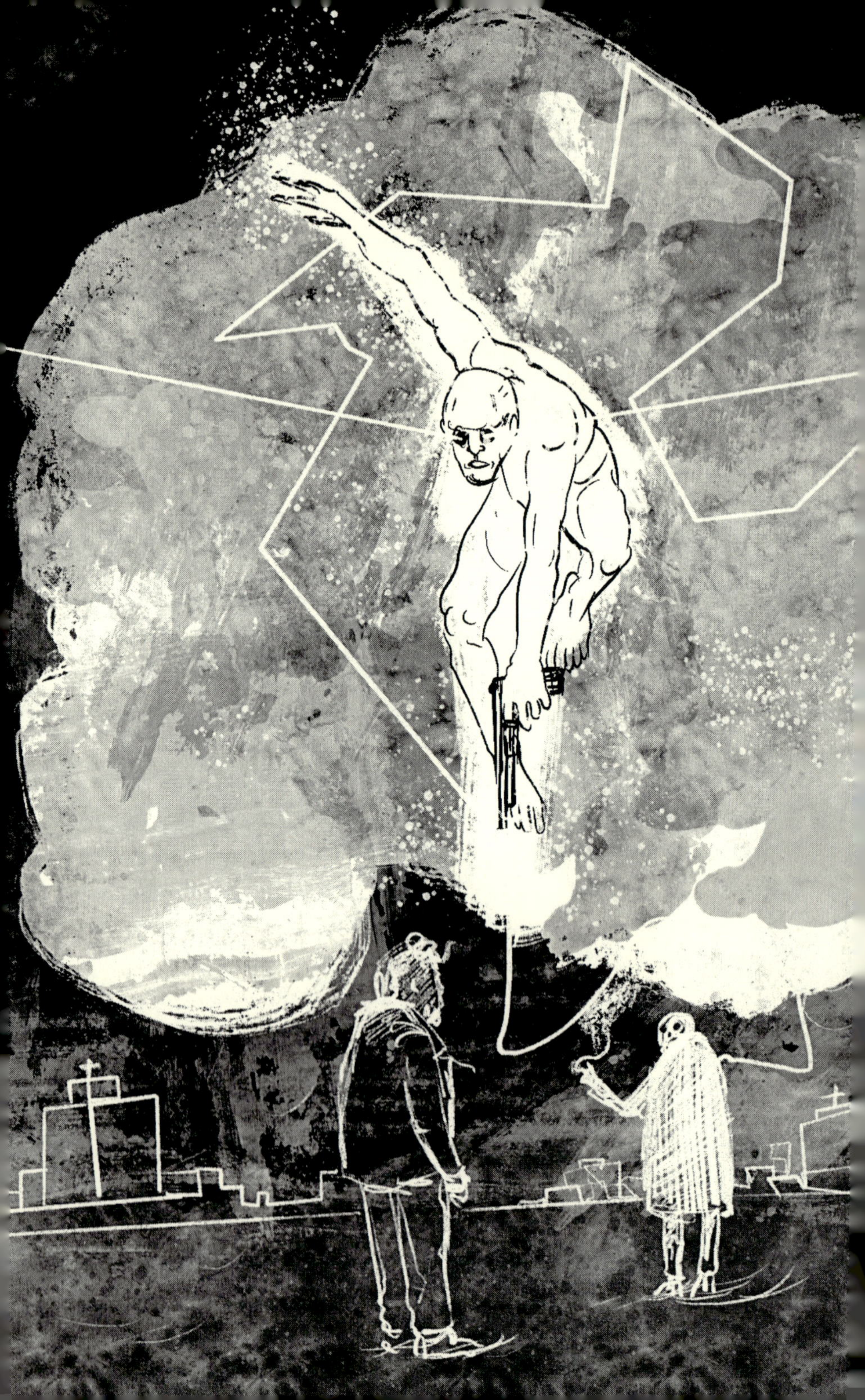

ta. Eu que limpava a merda dela todos os dias. Literalmente. Ela sequer lembrava meu nome. Uma hora temos que morrer, meu amigo. Hoje foi o dia dela. Amanhã pode ser o seu. E sim, daqui a quinze trilhões de anos, o mais provável é que você continue morto, sem nenhuma tâmara caindo descascada no seu solo. Só espero que quando meu dia chegar eu ainda seja capaz de limpar minha própria bunda.

— Conversa tensa para um enterro.

— Nada mais apropriado para um enterro do que conversar sobre a morte.

— Mais uma vez, você tem razão. Acho que hoje vou dormir com a televisão ligada.

Dei um sorriso, ele sorriu de volta. Entendeu a piada. Pedi mais um cigarro e dei uma longa tragada imaginando as células cancerígenas se multiplicando em frenesi, no meu pulmão. Não trocamos mais uma palavra, apesar de ainda termos ficado um longo tempo fumando e sentindo o vento no rosto, aproveitando a sensação de estar vivo enquanto os vermes torciam pela nossa morte. Fumei mais um. Meus dedos cheiravam a cigarro, e lembrei por que nunca tinha me tornado viciado. Despedi-me de Alberto com um aceno de cabeça, ele abanou a mão. Aquela noite, de fato, dormi com a televisão ligada.

Depois deste dia, as matérias da faculdade tiveram pouco interesse para mim. Mergulhei no alcorão, na torá e no evangelho. Quando pensava que daqui a quinze trilhões de anos eu continuaria morto, incapaz de sentir medo, frio, repulsa, dor ou ódio, ficava aterrorizado. Meu coração acelerava, ficava inquieto e saía para andar pelas ruas, em busca de Curitiba perdida. Nem meu lugar tranquilo no Passeio Público conseguia me acalmar. Comecei a acreditar em todas as religiões ao mesmo tempo. Afinal de contas, todas se baseiam em um princípio fundamental, de que o mundo foi criado e que existe um mundo espiritual para onde vamos depois que morremos. Isso já era bom o suficiente. Uma vida em agonia é melhor do que a inexistência. Comecei com as três "grandes religiões" porque eram as de mais fácil acesso. Enquanto navegava por um mar de sangue de primogênitos em um barco feito de machismo, via virgens fugazes dançando pelos céus, porcos pulando de penhascos, sentia o cheiro da gordura queimada nos sacrifícios. Um ritual em particular me deixou chocado. O bode mensageiro. Aparentemente, você passava seus pecados para o coitado do animal e o abandonava no deserto. Poucas coisas me pareciam tão cruéis quanto isso. Abandonar um ser indefeso, sem água ou comida no meio do deserto para que ele morra de sede. Mas, no geral, a leitura era até agradável. Não tinha a menor vontade de ser religioso, ir à igreja, seguir os mandamentos. Mesmo porque os textos ditos sagrados são muito contraditórios. Só de estar lendo a bíblia por curiosidade já era um pecado. Na apresentação de minha bíblia, traduzida pelos monges capuchinhos, você deveria ler a bíblia como se fizesse uma oração. Não me preocupava com isso, só queria achar algum sentido, buscar a forma, encontrar o Verbo.

Neste meio tempo, eu vivia. Ia para as aulas, olhava nos microscópios, sentia o cheiro acre de formol. Às quartas-feiras, ia ao cinema e saía de Curitiba um pouco, indo para qualquer mundo disponível no dia. Apesar de ler os textos religiosos, ainda lia muita literatura. Tanto quanto podia, pelo menos. Um dia, não lembro quem me disse, que, com a carteirinha da faculdade, podíamos ir até qualquer biblioteca da faculdade e pegar livros. Agora isso parece óbvio, na época eu achei que estávamos restritos à biblioteca do Centro Politécnico. A biblioteca de humanas ficava a cerca de duas quadras de minha casa, no caminho do hospital, um caminho que, no futuro, se tornaria muito familiar para mim. Na biblioteca de humanas, tinha que ter literatura. Não era possível. Como os estudantes de letras, pedagogia, história, filosofia iriam estudar? Precisavam conhecer os grandes autores. Fui com o coração um pouco acelerado, expectativas nas alturas. Meio sem saber por onde andar, perguntei para uma garota qual o caminho da biblioteca. Ela apontou para o prédio a minha frente. A biblioteca estava bem no meu nariz e eu não tinha percebido. Mostrei a carteirinha da faculdade e me deixaram entrar sem problemas. Senti o cheiro familiar de livros velhos, mofados. Cheiro de cultura. Fui até a bibliotecária descobrir qual era o sistema de organização. Você tinha que ir até um fichário, procurar a ficha do autor que você queria e então conseguir um número que possibilitava a localização do livro, ou algo assim. Apesar de não lembrar exatamente, sei que não era muito difícil, afinal, consegui fazer. O primeiro autor que procurei foi Faulkner. Nunca tinha lido nada dele, um amigo de infância havia dito que era muito bom. Peguei *Enquanto agonizo*. Combinava com meu estado de espírito. A biblioteca de humanas foi um remédio amargo. Enquanto estava lendo, conseguia afastar um pouco meu medo da morte, só que a literatura conseguia me levar a jornadas cada vez mais profundas dentro de mim mesmo, assim, ficava mais sozinho, mais pensativo, minhas dúvidas existenciais aumentavam. A busca por um sentido se tornava, ao mesmo tempo, mais intensa e mais amena. Algumas vezes, desejo que minha mãe não tivesse lido os contos dos irmãos Grimm para mim. Assim, talvez, só talvez, em vez de passar minha vida nas páginas de um livro, tivesse passado entre as pernas de uma mulher.

    O segundo período foi consumido pelos estudos religiosos e pela biblioteca de humanas. Apesar de ir para a faculdade, prestava pouca atenção nas aulas, fazia poucos amigos. Trocava algumas palavras superficiais com as pessoas, socializava somente o suficiente. Em toda minha obsessão pela morte, não tinha tempo para ninguém. Comecei a pensar na morte dos animais. Será que eles tinham alma? Será que eles tinham paraíso? Existia alguma religião secreta comum a todos? Talvez suas crenças fossem divididas por classes, mamíferos eram hindus; peixes, evangélicos; répteis, muçulmanos. Talvez cada espécie tivesse sua própria religião, sua própria alma. Será que tubarões-martelo iriam para o mesmo céu que tubarões-brancos? Caso estejam se perguntando, não virei vegetariano. A morte de uns é a felicidade de outros, nem que seja a dos vermes. Se os vermes podem comer carne, por que eu não podia? Não, eu não era melhor do que um verme. Não sou melhor do que um. Por enquanto, pelo menos, sou capaz de matá-los, até o dia em que não serei mais, aí eles terão seu banquete.

    Com todos esses pensamentos mórbidos na cabeça, tivemos que comprar algumas rãs. A turma toda fez uma vaquinha para comprar esses bichos para podermos fazer os experimentos. No dia do experimento, a professora de fisiologia disse que não tinha nada de sadismo nos experimentos, era somente pelo bem da ciência. Ok, eu acredito na morte de animais para comer e pelo bem da ciência. Ou por qualquer outro motivo. Não me importo muito nem com a morte de seres humanos, contanto que não seja a minha. Porém, você enfiar um bisturi na cabeça de um animal e foder seu sistema nervoso para vê-lo fazer os movimentos automáticos que o tronco cerebral coordena tem que ter uma pitada de crueldade. Eu apontei isso para minha professora e ela ficou, nas palavras dela, "barbaramente horrorizada". Pelo amor de deus. A mulher parecia uma Barbie coroa, usava roupas cor-de-rosa, tinha a cara plastificada e o rosto sem a menor expressão quando disse "Estou barbaramente horrorizada com essa frase", ou qualquer coisa que o valha. Vá se foder. Ela ainda falou para as outras turmas que tinha ficado chocada com este pequeno lembrete da crueldade que eu tinha feito. Eu fui educado. Juro. Aposto que ela ficou "barbaramente horrorizada" porque, na verdade, eu fora o único capaz de ver a verdade do seu coração. Ela sentia prazer enfiando o estilete nas rãzinhas. Sério, eu não via problema em enfiar um estilete em uma rã. Em uma aula de fisiologia do semestre anterior, nós tínhamos dissecado um rato só para ver a anatomia. Na outra, dissecamos o pulmão para vê-lo encher de ar, enfim, foi um aprendizado. E sim, eu senti prazer dissecando o bicho. Era interessante. Não é crime sentir prazer com seu trabalho, não é crime curtir enfiar um estilete no cérebro de uma rã. A pobre mentezinha reprimida da professora acreditava que, porque ela tinha um batom rosa, um casaco rosa, uma calça rosa, tudo o que ela fazia tinha que ser cor-de-rosa. Mais uma vez, vá se foder. Espero, professora, que você tenha uma morte lenta e cor-de-rosa. Desejar a morte de uma pessoa é um desejo seguro. Mais cedo ou mais tarde, ele será concedido. Por isso, quando desejo a morte de uma pessoa, preciso especificar o tipo de morte que estou desejando, para ter certeza de que é uma espécie de punição. Peguei prova final em fisiologia com essa desgraçada. Por dois décimos. Mais uma vez, tive que fazer prova final, e na prova final, tirei 9,2. Com isso, minha média foi para oito. Chupa, filha da puta. Engraçado. Ainda hoje guardo rancor. Algumas vezes, fantasio que pegamos o mesmo voo e ela pede para trocar de lugar e então, com um sorriso de orelha a orelha, um sorriso cor-de-rosa, eu digo "Não".

Ainda tinha a maldita anatomia. Esplancnologia era o inferno na terra. Eu não sabia nada. Que caralho de artérias eram aquelas que se ramificavam para a puta que pariu para levar sangue na casa do capeta? Não conseguia lembrar aquele monte de nomes. Nas provas práticas, então, era o fim. Um cadáver, mal dissecado, mais verde que o Hulk, com umas veias arrebentadas, nervos faltando, músculos escangalhados, o arrombado do professor metia um alfinete no meio daquela maçaroca e queria que eu soubesse qual estrutura ele tinha pensado em marcar. Só me ferrei. Em compensação, tinha neuroanatomia. Eu sabia para onde os neurônios iam, qual parte do cérebro era responsável por movimentar uma determinada região do corpo, sabia os pares de nervos cranianos, conseguia entender. Conseguia aprender. Então, o ferro que eu levava em uma, tentava compensar na outra, apesar de, até aquele momento, não estar dando certo. O buraco da esplancnologia estava fundo. Cheguei à última prova prática de neuronatomia precisando tirar nove na prova. Não queria pegar mais uma final. Então estudei. Não com o mesmo afinco que estudava religião, mas estudei, o que já era um passo à frente. Fiz a prova com segurança. Achei que tinha acertado tudo. Apesar de ter saído confiante, sei que ninguém coloca uma resposta sabendo que é a errada. O resultado sairia no dia seguinte, entretanto, depois da prova ficavam todos comentando, tentando adivinhar o gabarito. Fui para casa sem conversar com ninguém. Queria ter esperança até o último momento. No dia seguinte, vi minha nota: 9,4. Média final: 7,1. Desta prova final eu escapei. Depois deste apuro, não tive mais nenhum problema com notas na faculdade. A não ser em um seminário de farmacologia. Mas é melhor que o carro fique atrás dos bois.

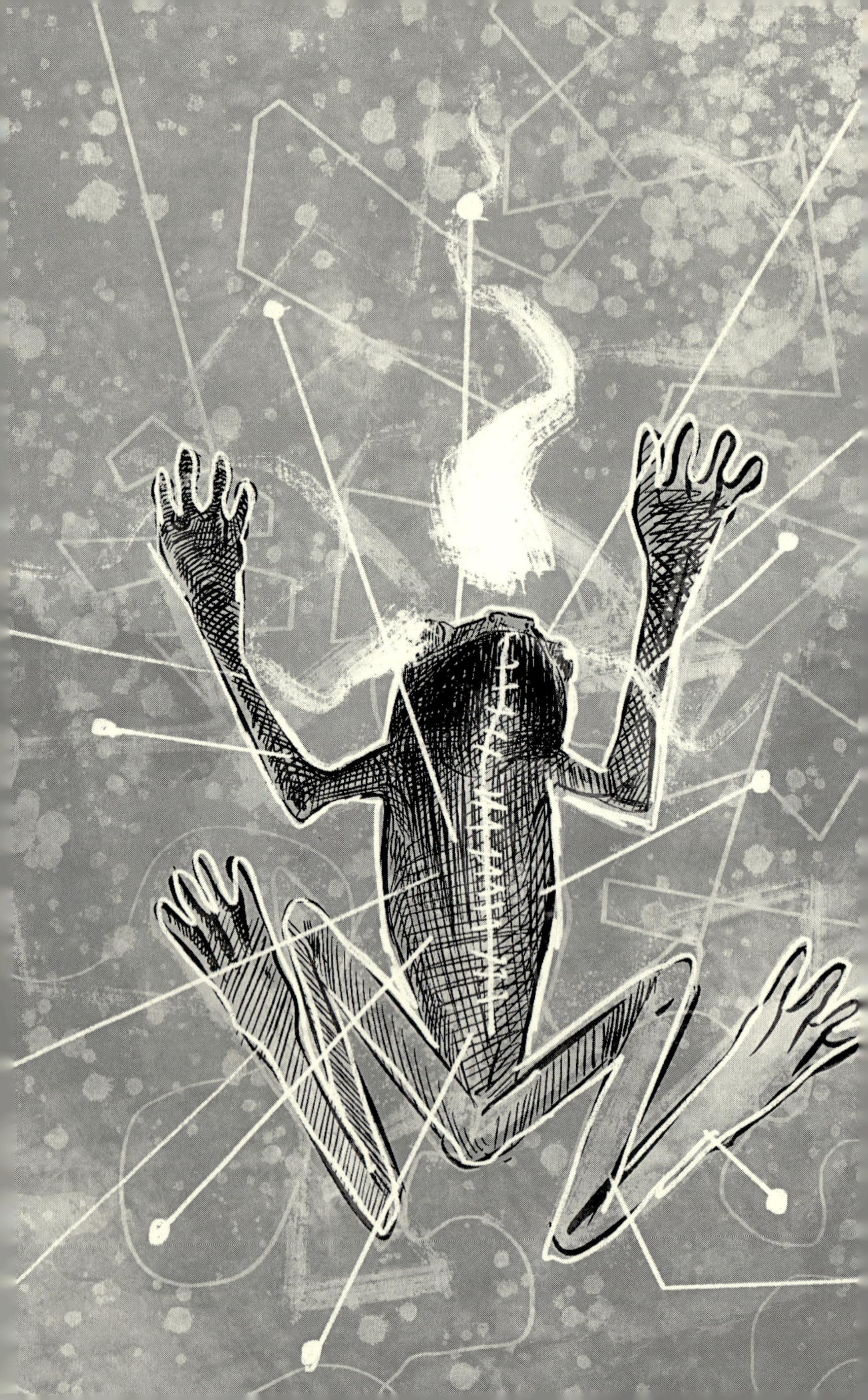

3

Talvez vocês estejam se perguntando o porquê de eu não falar sobre as férias. A quem eu estou enganando? O mais provável é que sequer estejam lendo este livro. Acontece que sou otimista. Acredito, como disse na primeira página, que estas palavras me lançarão ao estrelato literário. Por isso, explico o porquê de não falar sobre as férias. Elas não faziam parte do mundo real, eram um intervalo, o suspiro de um cachalote antes de mergulhar novamente nas profundezas. Na minha cidade natal, eu tinha amigos, não ficava sozinho, muita gente me conhecia e gostava da pessoa que eu era, mesmo esta pessoa não sendo alguém tão bom assim. E isso não era o mundo real. Não naquela época, pelo menos. A realidade era feia, suja e malvada. Ainda é feia, suja e malvada. Continua sendo. Até hoje. Aqui, quero falar sobre o real. Sobre o que importa. A única coisa que coloco nestas páginas são as palavras que sangram de feridas nunca cicatrizadas.

Começamos o terceiro semestre. Este ano, era responsabilidade de nossa turma organizar o trote dos calouros. No primeiro dia de aula, eu via os veteranos como seres de outro planeta, pareciam saber os pormenores dos corredores do hospital. Agora, eu era um dos veteranos e sequer tinha colocado os pés lá dentro. Por isso, não me preocupei com a recepção dos novos estudantes. Eles eram só mais uns idiotas. Como eu. No segundo módulo do terceiro semestre, teríamos nossa primeira matéria no hospital. Propedêutica I. Seria a primeira matéria em que teríamos contato real com pacientes e estava ansioso. Não tão ansioso quanto estava sobre descobrir os mistérios do mundo não visto. O tempo que tinha livre eu passava lendo a bíblia, o alcorão, vendo um filme, lendo literatura. Tentando preencher meu tempo para não pensar em minha própria mortalidade. A faculdade agora era fácil. Não precisava prestar atenção nas aulas para passar. Tínhamos biofísica. Não lembro nada que aprendi nesta matéria, era basicamente matemática e números nunca foram meus inimigos. Foi uma das matérias que mais deixaram alunos de prova final, porém passei com tranquilidade. E, neste primeiro módulo, tínhamos as segundas de manhã livres, e à tarde, somente duas horas de aula de biofísica. Era maravilhoso.

Havia descoberto uma locadora perto de casa onde podia alugar cinco filmes pelo preço de dois, só que tinham que ser filmes antigos. Eu tinha a ilusão de ser culto. Ser *cult*. Nada melhor que dar uma perambulada pela sétima arte. A primeira leva de cinco filmes que peguei foram *Sétimo Selo, Morangos Silvestres, Casablanca, Dançando na Chuva* e o *Sol é para Todos*. *Sétimo Selo* foi um soco no estômago. Com todas as minhas dúvidas existencialistas, somadas ao meu medo patológico da morte, esse filme acertou em cheio. Não fiquei nem um "centímetro" mais tranquilo. Não me atrevi a ver de novo. *Morangos Silvestres* não entendi direito. Não me interessei em ver de novo. Apesar disso, este não seria o fim da minha história com Bergman, nos encontraríamos dentro do *Ovo da Serpente*, ouvindo as sarabandas, tocando a *Flauta Mágica*. Ainda passearia por muitas obras de arte que o sueco produziu. Todos os outros filmes alugados naquela leva deixaram marcas profundas em meu sistema límbico. Já os vi várias vezes desde então. Somando a promoção da locadora com as manhãs de segunda livre, comecei a ficar até a madrugada de domingo vendo filme. Abria as janelas para poder sentir o ar frio da cidade e ficava em casa, vendo filme, ou escutando o silêncio. É engraçado como as noites de domingo são silenciosas, com a grande vantagem de, caso você queira ficar em casa em um domingo à noite, isso não o torna um perdedor. É normal ficar em casa domingo à noite. Sextas e sábados à noite, quando estava sozinho vendo filmes, me sentia mal. Sentia que estava desperdiçando minha vida e que devia tentar socializar mais, porém, aos domingos, isto não acontecia. Podia ficar sozinho e não julgava a mim mesmo com tanta severidade. Por isso, ficava domingo, madrugada adentro, vendo filmes antigos e escutando o som da respiração da cidade, sentindo seu hálito frio no meu rosto, enquanto me protegia embaixo de um cobertor. Na segunda, ia para a aula mais feliz. Talvez por isso eu não tenha tido dificuldade para aprender biofísica. Era fácil prestar atenção na matéria.

    Naquele período, acabei visitando Herman algumas vezes. Ele havia organizado sua mudança. Havia uma mesa de jantar de madeira escura, trabalhada, com quatro cadeiras estofadas, grandes estantes de madeira na sala, recheadas de livros, um sofá de couro preto além de uma vitrola no canto da sala. Ocasionalmente conversávamos sobre literatura, mas a maior parte das nossas conversas se direcionava à frivolidade da sociedade, dos pequenos valores burgueses que não tinham a menor importância para o espírito do homem, só que pareciam ser tudo aquilo que importava para as outras pessoas do mundo. Ficávamos encantados com a luta dos garotos em comprar um carro de luxo, o whisky mais caro, pagar a entrada da festa mais exclusiva somente para fazer sexo. Enquanto eu afirmava que, em algum lugar, o amor da minha vida estava sentado no gramado de um parque, lendo Bukowski, ele insistia em dizer que os desejos mais primitivos da carne não faziam bem ao espírito e, por isso, o melhor era a vida em reclusão. Apesar de Herman ter vários livros, não se interessava muito por cinema. Até que um dia o convidei para ver *Dersu Uzala*, de Akira Kurosawa. Enquanto víamos o "bom selvagem" ensinar os pormenores da vida na Sibéria para o capitão, meu amigo se deslumbrava com a sétima arte. Herman sempre desprezara qualquer coisa que não estivesse impressa no papel ou gravada em vinil. A única forma verdadeira de arte encenada, para ele, seria o teatro, porém, ao ver o mestre japonês pintar a tela com um arcabouço incomparável de emoções, impressões e expressões, começou a mudar de opinião. Ele, que era um defensor da vida simples, do homem do campo isolado da civilização, ficou deslumbrado com o filme, fazendo com que comprasse, poucos dias depois, uma televisão e um aparelho de DVD. Apesar das conversas com Herman me tirarem um pouco de minha espiral religiosa, faziam com que eu adentrasse cada vez mais o mundo culto, instruído, refinado, e cada vez mais distante da vida.

    A faculdade prosseguia e o primeiro módulo passou rápido. Logo estávamos começando a primeira matéria a ser feita no hospital. Parecia o primeiro dia de aula de novo. Finalmente começaríamos a ver pacientes. Mas calma. Não tão rápido. O que era essa matéria, afinal? Propedêutica. Nunca sequer havia escutado tal palavra antes de começar a fazer medicina. Propedêutica significa o corpo de ensinamentos básicos de uma disciplina, ciência preliminar, introdução. Em Propedêutica I, aprenderíamos a conversar com o paciente. Saber quais perguntas fazer. Propedêutica II, exame físico geral. Propedêutica III, exame físico específico de cada sistema. Ou seja, nesse terceiro semestre, só aprenderia a conversar com o paciente. Para sermos avaliados, inicialmente teríamos que gravar uma entrevista preparatória com um colega. Fingir que o colega era o paciente e fazer uma fita. Era ridículo. A maior parte dos meus colegas estavam estressados com essas fitas, ensaiando até a exaustão. Eu e um amigo nos juntamos em uma tarde e gravamos a minha e a dele. Sem enrolação. Ambos fomos aprovados na primeira fita. Não sei qual era o grande drama. Depois de ser aprovado nessa primeira, podíamos começar a entrevistar os pacientes. Cada turma tinha um monitor que iria nas primeiras entrevistas com os pacientes nos ajudar a fazer as primeiras anamneses. Era um saco, mas tudo bem. Lá fui eu, conversar com o paciente. E o pior é: você fica nervoso. Não sabe o que perguntar, não sabe quais informações devem ser valorizadas. Então, por mais ridículo ou chato que essas fitinhas fossem, elas eram necessárias, elas ensinam a memorizar um roteiro. Durante uma dessas entrevistas preparatórias, aconteceu um episódio interessante. Comecei a conversar com um senhor que estava internado havia uma semana. Ele havia me dito que mudaram a medicação que usava para a pressão e depois desta mudança tinha começado a tossir sangue (hemoptise). Agora estava internado para achar o remédio certo. Beleza, acreditei na história dele e saímos do quarto. Quando estávamos lá fora, o monitor me explicou que o paciente era tabagista e estava com câncer de pulmão em tratamento. Aquilo me deixou chocado. Aquele senhor parecia não ter ideia do que estava acontecendo. O monitor explicou que os médicos já tinham conversado com a família e que aquela história era um mecanismo de defesa dele para negar a doença. Fiquei pensando naquilo. Aquele senhor, que fora tão educado, com a família tão gentil, tiveram paciência para responder às minhas intermináveis perguntas por mais de meia hora, somente para o meu aprendizado, estava com uma sentença de morte. Fiquei mal aquele dia todo, pensando nas células cancerosas se multiplicando no pulmão daquele homem. Imaginando o funeral. O choro da filha. A esposa, uma senhora carinhosa, amável, ficaria sozinha depois de uma vida inteira compartilhada. Eu, que me considerava um homem de gelo, o cara sem sentimentos, tinha água gelada correndo nas minhas veias, cheguei em casa e tive vontade de chorar. Liguei para o meu pai naquele dia. Ele é médico, já passou por isto, podia me dar algumas dicas. Foi compreensivo, disse que era assim mesmo, me contou do primeiro contato que ele teve com a morte e disse que você acaba se acostumando, exatamente por isso era preciso tomar cuidado para não perder a sensibilidade. E a grande verdade é: meu pai estava certo. Você se acostuma. Eu já exerço a profissão há anos, tive pacientes que morreram por câncer, infarto, que chegaram mortos, que não voltaram após reanimação, alguns que voltaram da reanimação para depois morrer definitivamente, pacientes que morreram na enfermaria, na UTI, enfim, já vi a morte de muitas pessoas. Quando se trabalha com medicina, isso vai acontecer. A morte é uma parte da vida, uma parte aterrorizante, ainda assim uma parte. A maioria delas não me afeta mais. Caso seja afetado por todas as mortes, você não vive. Porém, dois pacientes, com suas duas mortes, ainda carrego comigo, no meu coração.

Pouco depois disso, li uma frase no alcorão que me deixou incomodado. Duas frases, na verdade. "Desgraça alguma acontece senão com a permissão de Deus" e "Se teu Senhor quisesse, todos os habitantes da terra seriam crentes". Isso fazia muito sentido. Um ser onisciente, onipresente, senhor do tempo e de tudo o mais, conseguiria impedir qualquer desgraça que quiser. Poderia até mesmo mudar o ambiente, mudar toda a estrutura que permitiu que aquela desgraça acontecesse para que nunca precisasse acontecer nenhuma desgraça. Essa história de um Deus de amor começou a cair por terra para mim. Ei, meus filhos, eu só os amo se vocês me amarem. Caso não me amem, fodam-se, podem arder nas chamas eternas que eu não estou nem aí. E sua única chance é aí na terra, viu? Não tem essa história de morrer e se arrepender depois de morto. Não Me amou em vida, na morte sou Eu que não te amo. Ou seja. Deus é conivente com cada estupro, cada filha molestada pelo padrasto, cada perna arrancada por uma mina terrestre, cada braço cortado na África, tudo estava de acordo com os planos de Deus. Deus era meio filho da puta por permitir isso. "Essa miséria é toda humana, Ele nos deu livre-arbítrio." Para quê? Por acaso o Sacana, com uma literal "letra maiúscula", é uma criança com uma fazenda de formigas? Fica lá, confortável em seu trono dourado, olhando para a fazenda azul no meio do universo, esperando para ver o que vai rolar. Imagino alguém cutucando a costela Dele e dizendo: "Aquilo ali no Oriente Médio vai dar merda, não é melhor a gente fazer alguma coisa, sei lá, mandar uma mensagem de amor, colocar umas luzes no céu, fazer todas as armas subitamente virarem flores, não acha que dá pra fazer isso?" Aí Deus, em sua Onisciência, Onipresença, Deus de amor, Deus lindo, Deus da fé (quem me dá um Aleluia, eu quero ouvir um Aleluia), chega para esse alguém inexistente e diz: "Até que dá pra fazer isso, mas véi, tô curioso pra saber o que que vira." Aí esse alguém fala: "Mas você já não sabe o que que vira?" "Saber eu sei, mas me dei a capacidade de esquecer algumas coisas, senão não tem graça." Nenhuma desgraça acontece senão com a permissão de Deus. É claro que isso é verdade. Claro que Ele está lá, torcendo para dar merda para ter graça seu pequeno programa de televisão. O Sacana gosta de emoção. Que graça teria um mundo onde todos se entendessem e ninguém sofresse? Não existiria drama. Não existiria luta.

A outra frase não era menos perturbadora. "Se Deus quisesse, todos seriam crentes." Mais uma vez, algo que faz sentido para um ser onisciente e onipotente. Para quem criou o mundo, uma mínima alteração no cérebro para transformar todos em crentes é fichinha. Isso faz sentido para quem acredita que Deus sabe de tudo e pode tudo. Todos estão cumprindo os planos Dele, porque Ele escreve direito por linhas tortas. Quantas vezes não escutamos esta frase? Aquele cara esquisito de trinta e oito anos que criou coragem para finalmente abusar da filha da cunhada de nove anos estava, portanto, seguindo os desígnios de Deus. Não seria ele o maior sofredor? Obrigado a ser um pária na sociedade com desejos que não consegue controlar, porque Deus fez com que fosse um pedófilo. Ninguém fala que Deus escreve por linhas tortas nesta hora. Fico pensando no pobre Judas. Um homem que tinha o desígnio de trair Cristo, entraria na história como sinônimo de má pessoa, estava cumprindo as ordens divinas, porque, se Jesus quisesse, poderia fazer com que Judas não o traísse, afinal Ele conhece os recônditos do coração de cada um. Por que não impedir alguém de fazer alguma coisa de que se arrependeria depois? Esse alguém iria até se enforcar pela culpa que carregava, sem nunca poder usar suas 30 moedas de prata. Agora, esse coitado era um suicida. Mesmo que não fosse condenado à danação eterna por ter traído a Cristo, seria condenado porque o reino dos Céus fecha sua porta aos suicidas. Aquele garoto de dezesseis anos com depressão grave que encontrou a arma do pai no fundo da gaveta e decidiu que seu cérebro funcionaria melhor como papel de parede, não entra no paraíso. Fogo do inferno para ele. Ainda assim, se Deus quisesse todos seriam crentes. Deus conhece o coração de cada suicida e é capaz de mudá-lo se quiser. Onipotência. Capacidade de fazer tudo. Não existem limites para Seu poder. Então era só ir lá, aumentar um pouco a liberação de serotonina no cérebro do garoto com o revolver na mão e talvez, em vez de puxar o gatilho, ele guarde a arma. Mas não é isso que Deus quer. A maneira mais real de se adorar de verdade é se distanciando da Palavra, mostrando que, você sim, está disposto a ser o sacrifício, trilhar o caminho do suicídio, o único crime para o qual não existe a menor possibilidade de perdão, é a maneira máxima de adorar a um Deus que, se quisesse, seria capaz de tornar todos crentes. Cada comprimido tomado. Cada corda apertada. Cada pulso cortado. Todos foram feitos sob a ordem divina e esse Deus quer que você faça isso, pague este preço, porque ele escreve certo por linhas tortas. Uma criatura que quer minha morte, não posso chamar de amiga, sequer chamar de Deus, posso só chamar de Incompetente. Fechei a Palavra, fui até a janela do quarto e olhei para o céu, o céu enevoado e peculiar de Curitiba. Uma nuvem em formato de uma pesada mulher gorda, sentada em uma cadeira de balanço, parecia se emoldurar em três dimensões e direcionar seu olhar inquisidor (no sentido católico da palavra) para mim. Com nada além de desprezo e rancor no peito, levantei o dedo do meio para o céu, para a mulher gorda, e por um momento parecia que conseguiria ficar em paz. Depois de poucos instantes, percebi que na verdade nada aconteceu. A noite continuava lá. Aquele céu rosado, cheio de nuvens disformes curitibanas, continuava ninando o sono dos outros moradores da cidade, enquanto eu, ridiculamente, mostrava o dedo médio para o céu, como se estivesse em uma cena de filme. Devagar abaixei a mão e olhei ao redor. Estava eu. Só eu. Sozinho. Voltei a ler o alcorão, mesmo achando aquela leitura absurda. Sou teimoso. Uma vez que começo a fazer uma coisa, não consigo parar até chegar ao fim.

 Com a porta de saída fechada, não posso dizer que meu isolamento melhorou. Nietzsche dizia que a ideia do suicídio é um consolo, ajuda a suportar muitas noites más. Desta vez, ele estava certo. A ideia de uma saída é uma grande ajuda quando sua vida é uma merda. Caso você considere a vida uma viagem, uma jornada, o suicídio nada mais é do que um atalho. Na verdade, nunca pensara realmente em me matar devido ao meu medo patológico da morte. O medo da inexistência. Quinze trilhões de anos se passariam e continuaria sendo nada. Eu abraçaria as chamas eternas com prazer. Entre a dor e o nada, eu escolho a dor. Porém, isso não me impedia de fantasiar sobre a autoaniquilação e este pensamento era reconfortante, mas agora, quando pensava em suicídio, todo o complexo raciocínio sem sentido que me fazia crer que o Deus cristão/judaico/islâmico quer a morte de todos me assolava. Eu não iria dar este maldito prazer a Ele. Por isso, comecei a dormir todas as noites com a televisão ligada, sem prestar atenção nas imagens da tela, só para ter qualquer coisa que me distraísse de mim mesmo. Eu era insuportável.

Na faculdade, as coisas corriam suaves. Não tinha nenhuma matéria realmente difícil. Conversava um pouco com meus colegas mais próximos, fiz algo parecido com uma amizade, só que, como não gostava de sair, não gostava de beber, ficava trancado dentro de casa lendo e vendo filmes, as amizades eram superficiais. Teve um sábado, tinha acabado de tirar *Rapsódia em agosto* do DVD e estava me preparando para dormir. Eram cerca de três horas da manhã. Sempre gostei de ficar acordado até tarde. De repente, o interfone toca. Quase morro de susto. Nos meus sonhos, uma vizinha extremamente gostosa me ligaria para me chamar para tomar um banho quente, mas eu não tinha nenhuma vizinha extremamente gostosa, na verdade, não tinha nenhuma vizinha que sabia que eu existia. Quando atendi o interfone, eram alguns colegas de faculdade. Eu tinha um jogo de videogame de futebol e era razoavelmente bom no jogo, alguns já tinham ido até minha casa para jogar, mas nunca imaginei algo assim. Entraram, estavam bêbados, é claro, tinham ido até uma festa qualquer, que eu era muito *cult* para comparecer. Eles chegaram, comeram minhas bolachas, jogamos um pouco de videogame, conversamos um pouco, lá pelas cinco da manhã foram embora. Foi legal ser lembrado. Eu sinceramente gostei deste pouco convívio social no sábado. Porém, naquela época, não admitiria isto. Para ninguém, nem para mim.

Depois de muito entrevistar os pacientes, finalmente criei coragem para gravar a famigerada fita, necessária para ser aprovado em propedêutica. Sinceramente, não me lembro das outras matérias do terceiro período. Deviam ser fáceis e inúteis. Como a maior parte do ciclo básico de medicina. Na minha época, pelo menos. Parece que algumas coisas estão mudando, não sei se para melhor, porque a qualidade dos médicos recém-formados está sofrível. Felizmente, isso não vem ao caso. Escolhi uma paciente que já tinha gravado várias fitas, estava treinada, tinha uma pneumonia e estava indo para casa. Foi rápido e indolor. Fui aprovado na primeira, alguns colegas meus tiveram que gravar mais de uma fita. Desta vez dei sorte e não precisaria fazer nenhuma prova final. Poderia ir direto para casa após o término das aulas.

Inicialmente me pareceu poético escrever a história do curso de medicina no hospital. A fórmula suprema da metalinguagem. Esta noite, não preguei o olho. Não consegui escrever mais de três linhas consecutivas, a todo o momento me chamavam para atender alguém. Meus olhos estão ardendo, porque o tempo que deveria ter usado para descansar, passei escrevendo. Olho para o *alef* em minha mão e me pergunto de onde saiu esta maldita letra. Olho no relógio e vejo o sol nascendo em minha mente, enquanto na realidade estou fechado em meu cubículo subterrâneo, esperando o telefone tocar novamente e me impedir de continuar meu relato. Ainda falta mais de uma hora para o próximo plantonista assumir o pronto-socorro, porém, isto não significa que eu vá descansar depois do plantão, tenho trabalho normal durante o dia. Tudo isso é escolha minha. Escolhas feitas dos longínquos anos de 2003 em diante. Minha opção. Portanto, não tenho o direito de reclamar. Mas

eu quero reclamar. Aperto meus olhos cansados e vejo formas geométricas sem sentido piscar no escuro das minhas pálpebras. Sei que, se eu conseguir fixar minha concentração em uma dessas formas, ela vai fazer sentido, eu vou ser liberto, vou fazer parte de algo mais, o alef da minha mão irá desaparecer, porém não sou capaz, só consigo pensar em dormir, apesar de querer escrever, preciso escrever, preciso tirar o que está dentro de mim, colocar no hipotético papel do computador, torcendo para que as dez *sephiroths* se desenrolem diante dos meus olhos e me tornem capaz de pigarrear a palavra sagrada que está no fundo da minha garganta, a palavra que finalmente fará com que o que eu escrevo faça sentido, que alguma coisa faça sentido, mas meus olhos parecem vendados, só consigo perceber meu cansaço, incapaz de ver dentro do cansaço, meu verdadeiro eu.
Eu.

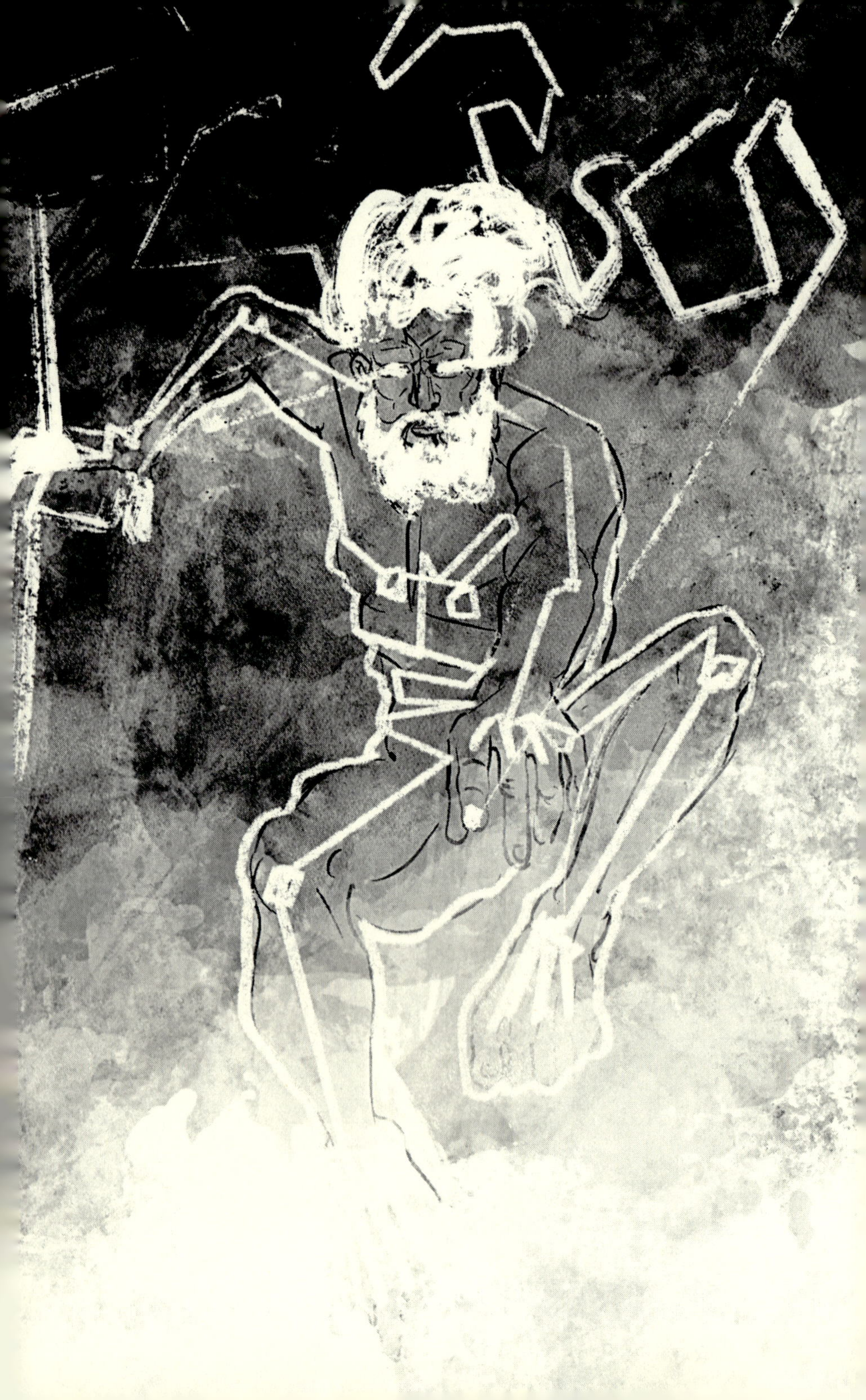

4

Começava o quarto período. O último período em que teria aulas no Centro Politécnico. Estava ansioso por parar de perder tempo e dinheiro no trajeto de ônibus até lá. Quando todas as aulas fossem no hospital, poderia ir para a faculdade sempre a pé. Porém, ainda era o quarto período. E ainda teria que ver as aulas de farmacologia no Centro Politécnico.

Farmacologia era uma matéria interessante. Até comprei um livro de farmacologia, sendo que, em geral, estudava na biblioteca ou por fotocópias de amigos. Gostava de aprender como cada droga agia em nosso organismo. É maravilhoso descobrir como é possível desencadear prazer, sono, torpor, agitação, basta saber qual o neurotransmissor adequado a ser ativado. Nós achamos que sentimentos, sensações são algo tão etéreo, impossíveis de localizar, parecem coisas saídas diretamente do *ki*, uma energia espiritual que nos faz amar, dormir, gozar, porém a maior parte delas são meras reações químicas orgânicas em um ambiente predominantemente aquoso: o corpo humano.

Nas aulas de farmacologia, tínhamos que apresentar uns seminários,estudávamos um tema em casa para depois apresenta-lo aos nossos colegas.. Várias matérias exigiam isso e, para mim, era fácil. Nunca tive muita dificuldade para falar em público. Ao longo do tempo, desenvolvi uma técnica que nem precisava estudar muito, bastava aprender as palavras-chave, dar uma lida um pouco mais superficial no tema e pronto. A maior parte dos professores nem prestava atenção direito, só queria uma desculpa para não preparar a aula. Menos este. Este professor de farmacologia, de quem não me lembro o nome, pediu para apresentarmos um seminário eu fiquei com o mecanismo de absorção dos medicamentos. Parecia fácil, tinha a ver com o PH dos medicamentos e do ambiente em que seria absorvido, só que era uma parte muito chata da farmacologia e eu estava com preguiça. Não estudei muito. Aprendi umas fórmulas matemáticas necessárias, preparei pouca coisa, e fui com a cara e a coragem apresentar no quadro. Falei um pouco, não soube responder direito às perguntas que ele me fez, mas parecia ter corrido tudo bem. Quando fui ver minha nota, me surpreendi. Cinco. Todo mundo dava sete, oito, ninguém prestava muita atenção. Fui perguntar para ele o porquê da nota baixa, e o professor disse que a apresentação não tinha ficado boa e eu não soube responder às perguntas e estava certo. Fizera um trabalho meia-boca, morto de preguiça, só que a faculdade havia me ensinado que isso era suficiente. Porém, não naquele dia. Não para aquele professor. Esse seminário seria somado a outro seminário e dividido por dois. Esta nota então seria somada à nota de duas provas e dividida por três, portanto, eu não estava tão preocupado em pegar prova final, mas estava assustado com aquela nova maneira de avaliação das apresentações. Reconhecendo meu erro, aceitei a nota baixa e, até hoje, desejo que aquele filho da puta morra queimado.

No final do semestre, tivemos que apresentar outro seminário de farmacologia. Tínhamos que ir até o hospital escolher um paciente e apresentar um seminário falando sobre a doença com um foco mais farmacológico. Escolhi um caso de cirrose hepática por ingestão excessiva de álcool. Naquela época, estava lendo Kerouac. Sempre achei triste a morte de Kerouac. Quando li *On the Road*, fiquei encantado com aquela liberdade. Ele conseguia viajar sem um tostão no bolso, trabalhava quando precisava comer, comia tortas de morango porque era mais barato, tinha uma insana vontade de viver. Ver a vida. Ver o mundo. *The Dharma Bums* também consegue passar essa fome de vida. Sentia uma revolução, que parecia acontecer no meu estômago, quando começava a ler as histórias insanas, impulsionadas por benzedrina. Queria sair, fugir dali, levantar meu dedão e sair pelo mundo, trabalhando como desse, comendo quando fosse possível. Na mesma época, vi o filme *Na Natureza Selvagem*. Aquele garoto culto, que volta às origens, volta para a terra, para viver somente do que a terra fornece. O garoto interpretado por Emile Hirsch morreu de inanição. Kerouac morreu aos 47 anos de cirrose negando todos os valores que pregava em sua juventude. Foi então que comecei a me conhecer melhor. Por mais que achasse que queria ser livre, dizia a mim mesmo que ansiava por uma vida simples e plena, sem rumo, sem destino, sem endereço, sabia que esse não era o real desejo de meu coração. Pensava nos meus livros. Você não pode carregar livros na estrada. Já imaginou o peso? Chocolate.

Adoro chocolate. Quando será que poderia comer chocolate? O que aconteceria quando tivesse sessenta anos? Como seria? Ainda estaria lutando por cada centavo, sem nenhuma segurança para o futuro? Não. Esse não era o verdadeiro Adriano. O verdadeiro Adriano não era um espírito livre. Não é. Por mais que eu admire este tipo de espírito, não sou um deles.

Na verdade, existem duas classes de pessoas, diametralmente opostas, que eu admiro e uma terceira pela qual tenho uma estranha curiosidade. Sei que não sou nenhuma delas. Os espíritos livres, que só querem viver a vida, viajar, viver de sua arte, como Hugo Pratt. Outro tipo são os verdadeiros líderes. Um tipo de determinação ferrenha, *Iron Will*, a tese de Raskólnikov, uma força que está disposta a fazer qualquer coisa para que seus objetivos se concretizem. Está disposto a matar, torturar, infringir qualquer regra social. Ricardo Coração de Leão executou duzentos prisioneiros desarmados porque sabia que eles atrasariam seu ataque.

Além desses dois tipos de personalidades que admiro, existe um terceiro que me desperta uma curiosidade mórbida. Os autodestrutivos. Aquele *junkie*. Aquele que não se preocupa com nada além do próximo pico. Da próxima cheirada. Corre o mundo usando álcool, drogas, transando com qualquer mulher que apareça, sem nenhuma culpa ou consequência, até terminar nos braços da morte. Existe uma poesia fria nas entrelinhas do fundo do poço. Nunca seria nenhuma dessas pessoas. Nunca serei. Sou como um edifício que estende os braços abertos para o céu para ter a sensação de voar, contanto que seus alicerces estejam firmes no chão. Mas eu divago. Eu erro. Errante.

Voltemos ao seminário. Sobre álcool. Comecei falando sobre a bebida como a "mãe da literatura", o que causou algum desconforto. Citei Hemingway, Faulkner, mostrei quantos grandes escritores estimulados pelo álcool, não queria falar da doença que estava confinada na garrafa, mas das gotas do elixir da verdadeira vida que poderiam ser extraídas dali. Ninguém pareceu entender. Depois comecei a falar do álcool no organismo, das enzimas, da ascite, do distúrbio coagulatório, do tratamento. Algumas pessoas começaram a prestar atenção. Tirei dez no seminário, compensou a nota do outro. As provas foram fáceis, acredito que ninguém pegou prova final naquela matéria. Um fato engraçado. Apesar do fascínio que a bebida parecia exercer, naquela época, eu era abstêmio.

Enquanto isso, começava a olhar cada vez mais para minha mão. Aquele maldito alef continuava desenhado lá. Queria saber o que aquilo significava. Era a primeira letra do alfabeto hebraico, pode significar primogênito, alguma coisa a ver com touro. Nada disso parecia se relacionar comigo. Eu era (ainda sou) o caçula. Meu signo coincidentemente era de touro. Tentei me enveredar pelos caminhos da astrologia, mas a posição de uma constelação no dia de meu nascimento, influenciar minha personalidade, faz menos sentido do que um ser onisciente e onipotente ter amor incondicional, com a única condição de que você acredite nele. Sem contar que eu via aquelas estrelas colocadas caoticamente no céu e, de repente, vinha algum ser humano chapado de ácido, traçava linhas aleatórias e formava um homem com um arco, ou um caranguejo, ou um touro e falava que aquilo era uma constelação. Não era muito lógico. Desisti das constelações. Como olhava muito para minha mão, fiquei me perguntando se as linhas tinham algum significado. Li um pouco sobre quiromancia e me pareceu fazer um pouco mais de sentido do que astrologia, porém ainda assim muito abstrato. Não me interessou o suficiente. A única coisa que guardei dos meus estudos em quiromancia foi a linha da vida. Vi que tenho uma linha da vida bifurcada. O significado de uma linha da vida bifurcada é o seguinte: você dará uma guinada na vida, em algum momento. Até hoje, quando olho para minha mão e vejo essa linha bifurcada, opto por acreditar que é um sinal de que minha carreira de escritor vai dar certo, de que vou deixar a medicina. Obviamente, para que isso aconteça, escrevo todos os dias, participo de concursos, faço cursos, enfim, trabalho para que isso aconteça, mas o fato de ter um estímulo na palma da mão me conforta quando recebo a negativa de alguma editora, ou fracasso novamente em um concurso literário. Obviamente, evito pensar na possibilidade de a grande guinada da minha vida corresponder a um acidente de carro que vai me deixar tetraplégico. Essa é a beleza das crenças. Podemos acreditar no que quiser.

Nesse período, tínhamos também a primeira matéria de uma especialidade médica. Psiquiatria. Fui com muita expectativa, cogitava me especializar em psiquiatria na época. O professor era uma figura, fumava dentro da sala de aula, extremamente bem-humorado, falava sobre o desenvolvimento psicológico normal de maneira natural, sem rodeios, parecia ser interessante. Hoje penso que não era um grande professor, porque falava o que achava sobre a mente humana, tentava fazer com que nós, seus alunos, aceitássemos sua visão psicanalítica sobre o pensamento e falava muito pouco sobre ciência. Obviamente, eu sei que um professor não é um ser imparcial e tem que ter senso crítico, porém o mais importante em um curso de medicina é a ciência, o que os estudos mostram e não a opinião de um septuagenário sobre a vida. Pelo menos ele não cobrava frequência, o que fazia com que a maior parte das pessoas faltassem às suas aulas. Eu ia às aulas dele. Aquele grande anfiteatro programado para receber os noventa alunos da turma de medicina tinha em média umas trinta pessoas, entretanto, o professor não se importava. Dava sua aula como se a turma toda estivesse ali e o melhor foi que não teve prova, somente um trabalho individual, sobre um tema de que nem me lembro. O que lembro era que ninguém tirou uma nota menor que oito e ninguém teve frequência, no papel, menor que noventa por cento.

Após a aula de psiquiatria, tínhamos o horário de almoço para depois voltarmos ao hospital para as aulas de Propedêutica II. Essa era a matéria em que aprenderíamos o exame físico geral, treinando uns nos outros. Começávamos a aprender a auscultar o coração, pulmão, palpar abdômen, coisas que uso até hoje. Além disso, aprendíamos outras coisas não tão úteis. Tínhamos que olhar a pele e falar qualquer pinta, por menor que fosse, movimentar todas as articulações, inclusive as dos dedos. Era uma inutilidade. O professor contava histórias da vida dele enquanto dava uma supervisionada superficial no que estávamos fazendo. Pelo menos não ficávamos com as bundas na cadeira escutando alguém vomitar a matéria. Um dia, o professor avisou que não poderia ir, portanto, teríamos a tarde livre. Quando tinha tempo livre, usava-o para ler ou ver algum filme, mas não estava com paciência para nada disso. Queria fazer alguma coisa. Queria voltar para Catalão e conversar com meus amigos, fugir dali, ganhar na mega-sena e nunca mais colocar os pés em um hospital. Não era isso que o futuro me reservava. Então, resolvi passear pela cidade, dar uma arejada na cabeça. Quando queria fazer isso, pegava a rua Marechal Deodoro em direção ao Centro, subia até a Quinze de Novembro e passava pelo Teatro Guaíra, pelo Passeio Público, só para ver um pouco de verde. Naquele dia, resolvi variar. Morava a um quarteirão da Praça do Expedicionário. Apesar de sempre ver o avião e o tanque de guerra, pela janela do ônibus que pegava até o Centro Politécnico, nunca tinha de fato prestado atenção. Resolvi que, neste dia, pegaria um roteiro diferente. Fui até lá, sentei-me em um banco e fiquei admirando as antigas máquinas de guerra expostas. Interessante que, apesar de atualmente quase todos pregarem a paz, os grandes feitos heroicos só são possíveis durante a guerra. Podem dizer o que quiserem, mas nenhuma guerra foi pela paz. Acho que, no fundo, bem lá no fundo de cada filho da puta que tomou a decisão de começar um conflito, a motivação principal era o "valor". Provar-se digno de entrar nas páginas da história. Esse é o verdadeiro motivo de todas as guerras.

Depois de meditar um pouco sobre a beligerância humana, segui rumo ao estádio do Coritiba, um dos times da cidade, os coxas brancas. Passei pelo estádio e continuei. Nunca tinha andado por aquelas bandas. De repente, vi uma ponte (não sei por que algumas pessoas chamavam de pontilhão) exclusivamente para pedestres. Quem sabe depois que a atravessasse conseguiria chegar à Atlântida, talvez Avalon. Infelizmente, o dia estava muito limpo, sem bruma alguma. Atravessei a ponte e não cheguei a lugar algum. Só mais Curitiba. Continuei andando sem rumo, tentando ouvir as batidas do coração da cidade, sentindo seu hálito pútrido em meu rosto. Evitava fazer muitas curvas, só seguia andando, em linha reta. De repente, um grande descampado se abriu e vi o Museu do Olho. Era lindo. Aquele grande olho mirando sempre à frente, coberto por um vidro negro espelhado fazendo com que fosse possível ver o que ele via. Continuei andando, atravessei a rua para vê-lo de perto. Descobri que aos domingos a visita era grátis. Comecei a imaginar as maravilhas contidas dentro do olho. Andei um pouco mais pelo lado de fora. O olho era o que mais chamava a atenção do prédio, mas estava longe de ser tudo. Uma grande construção branca feita de concreto era a parte principal do museu, com uma entrada feita por portas de vidro. Grandes marquises deixavam uma área coberta, espaçosa, na entrada do museu, onde algumas pessoas ficavam sentadas, lendo ou conversando. Várias colunas de pedra a sustentavam e, caminhando por ali, vi um cartaz dizendo que, naquele sábado, celebrariam o natal budista no pátio de concreto e no gramado, extremamente bem cuidado, que rodeava o museu. Haveria barracas de comida, apresentações e uma feira de artesanato. Já tinha alguma coisa para fazer no sábado.

 Sábado parti em direção ao Museu do Olho, pouco antes do almoço. Não tinha muita fome, então poderia aproveitar a caminhada de cerca de meia hora sem meu estômago me distraindo. Além dos claros benefícios para a saúde do corpo, andar faz um tremendo bem para a mente. Pelo menos para mim. Até hoje, quando preciso de alguma ideia para um conto, ou destravar qualquer sombra de "bloqueio de escritor", saio para dar uma volta. Pena que no hospital não posso caminhar, tenho que ficar recluso em meu claustro subterrâneo, até que o telefone toque. Se quiser, na verdade, eu posso sair. Até poderia caminhar pelo hospital. Seria esquisito, mas poderia, sem dúvida alguma. Provavelmente, seria tachado de louco e atrapalharia o sono de alguns pacientes. Melhor voltar no tempo, voltar para Curitiba. Quando cheguei até o museu, me surpreendi com o número de pessoas. A maior parte, provavelmente, era só curiosa, como eu, ou estava lá pela comida, mas mesmo assim não esperei ver tanta gente naquele "natal" budista. A cerimônia começou com três monges caminhando com um incensário, em suas tradicionais vestes alaranjadas e vermelhas. O líder, como esperado, era asiático com o cabelo preto bem curto, a monja a sua direita era uma mulher, também asiática e, a sua esquerda, estava um caucasiano grisalho com um rabinho de cavalo. Fiquei um pouco decepcionado, meu pré-conceito esperava que fossem todos asiáticos. Sem problemas. Eles espalharam o incenso pelo lugar e depois o líder pegou o microfone e fez um discurso. Karol Wojtyla morrera poucos dias antes, então em suas palavras ele explicou o significado da palavra *sayonara*: significa "parta bem", algo do tipo "boa viagem". Após falar mais um pouco sobre a trajetória do papa e de sua morte, disse: "Papa João Paulo Segundo, *sayonara*, parta e parta bem." Gostei deste conceito. Um pouco menos assustador do que o amplo vácuo que me amedrontava. O vazio. O buraco. Depois do discurso, ele convidou todos a participarem de uma dança tradicional japonesa. Várias mulheres maquiadas e vestidas em quimonos começaram uma dança em roda que nada mais era que uma mera repetição de gestos, complicação zero. Apesar de todos terem sido convidados, as únicas pessoas que de fato participaram foram alguns garotos (provavelmente só uns cinco anos mais novos que eu) vestidos com roupas pretas, algumas camisetas estampadas com caveiras ou qualquer coisa parecida, uma maquiagem pesada que deixava o rosto branco, além de alguma coisa ao redor dos lábios para simular sangue, como se

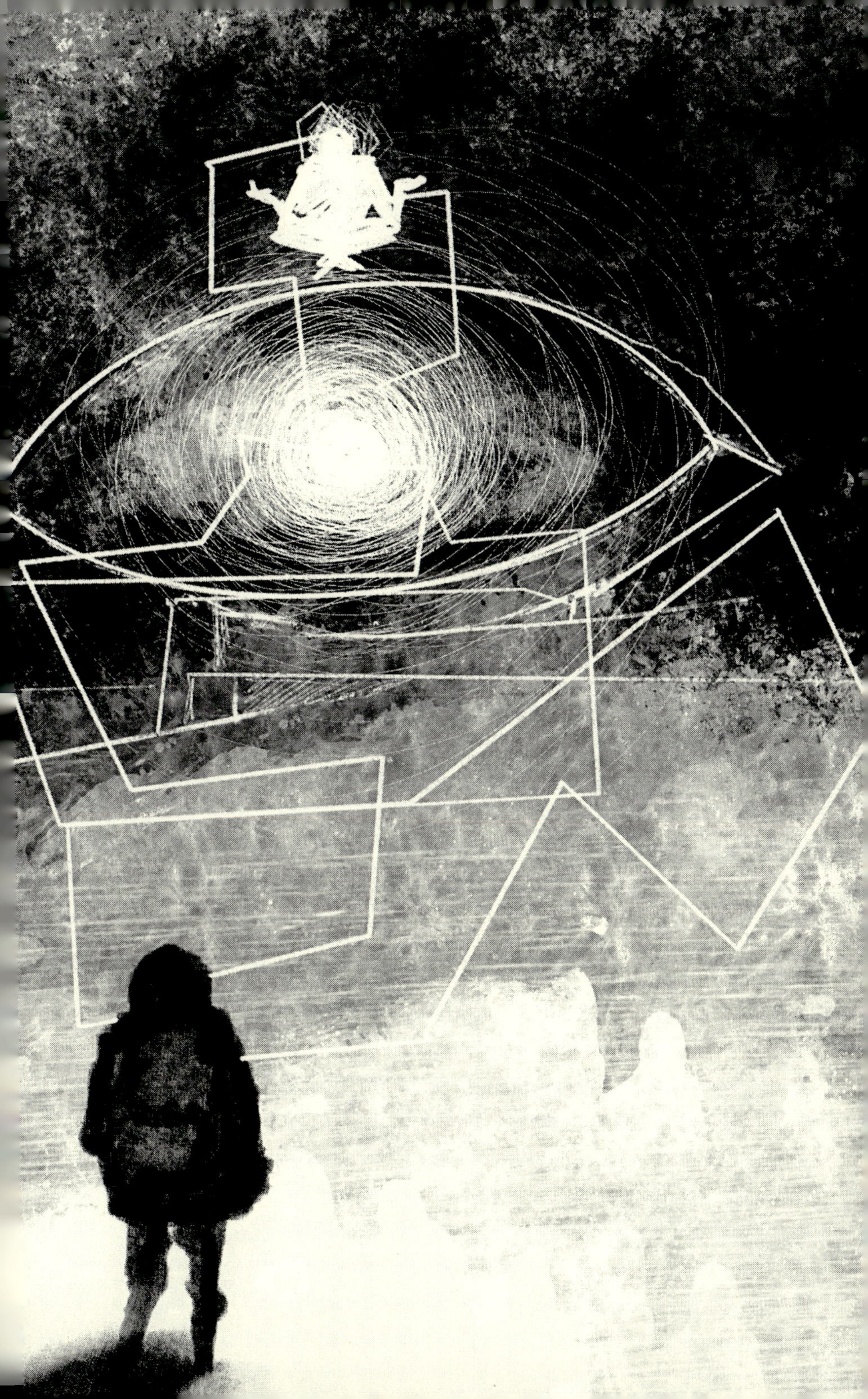

fossem vampiros. Achei legal a garotada participar e lembrei de mim mesmo na adolescência. Uma vez, para deixar bem claro meu total desprezo pelo carnaval, fui até uma festa de rua com um walkman tocando rock. Não queria deixar nenhuma dúvida de que estava ali, porém odiava a música e tudo o que ela representava. Engraçado como pequenas coisas como essa eram tão importantes para mim. Hoje até sou capaz de gostar de alguns tipos de axé. Pelo menos em festas. Vendo aqueles garotos maquiados em uma tentativa desesperada de se destacar da multidão, vi que, quando era adolescente, eu era só mais um jovem com um profundo desejo de autoafirmação. Toda aquela baboseira sobre ser diferente e incompreendido nada mais era do que uma invenção para me fazer sentir especial. Exatamente a mesma coisa que aqueles meninos dançando em suas roupas pretas e maquiagem sanguinolenta estavam fazendo. Até hoje, ainda gosto de pensar em mim mesmo como especial e incompreendido, por causa da literatura e do cinema. Por causa da cultura. Gosto de me sentir culto e, por ser culto, ser especial e incompreendido. Meu Deus, eu deveria ter transado mais.

Depois de ver aquela apresentação de dança, fui comer alguma coisa para depois continuar caminhando. O discurso do monge fizera bem para meu ânimo e queria aproveitar que não estava chovendo para andar por aquela região mais um pouco. Segui a rua do museu que descia sinuosa contornando um bosque. O bosque era rodeado por uma cerca de ferro verde e eu estava me perguntando o que diabos era ali, quando vi a entrada do lugar. Entrei sem hesitar e comecei a percorrer pequenos caminhos de pedra no meio das árvores. A trilha era feita por ladrilhos quadrados, escuros e ocasionalmente fazia uma bifurcação para o cento da mata, onde se abria em um grande círculo ladrilhado, imagino que para famílias fazerem piqueniques. Este lugar, anos depois, serviu de inspiração para um conto grande (ou um livro pequeno), que escrevi para crianças, sobre fadas. Este texto participou de dois diferentes concursos e perdeu ambos, com extrema graça. Continuei pelo trajeto principal até chegar a uma longa clareira onde estava uma estátua dele, do próprio papa João Paulo II. Descobri que ali se chamava Bosque do Papa e fora construído em homenagem à primeira visita de sua santidade ao Brasil. Que coincidência. Para mim, pelo menos. Porque, obviamente, todos que moravam por ali sabiam que o Bosque do Papa ficava perto do Museu do Olho, só os idiotas que ficavam enfurnados dentro do apartamento, com sua soberba cultura, não sabiam daquilo. Lá também havia umas casinhas simulando a vida normal de imigrantes poloneses. Um lugar legal, para coroar aquela tarde "fagueira". Não sei por que coloquei fagueira entre aspas. Meu pai sempre usa esta expressão. Acho que estou roubando dele. Nem sei exatamente o que significa. Porém, acredito que aquela tarde foi uma tarde "fagueira" por definição.

Aquele natal budista aconteceu no meio do semestre. O restante do semestre passei estudando para provas, faltando algumas aulas, fazendo exame físico nos meus colegas de turma, um período tranquilo, que passou rápido. Estava na última semana de aula, já tinha acabado quase todas as provas, fiquei em casa relaxando, lendo *Pais e Filhos*, de Ivan Turgueniev, quando me lembrei da última prova de Anatomia III. Meu pesadelo. Minha nêmese. Comecei a me perder no emaranhado de veias, artérias, tendões e nervos que minha cabeça bolava. Fui correndo até o ponto de ônibus para ir até a biblioteca do

Centro Politécnico, tentar estudar alguma coisa, tirar um coelho da cartola, aprender tudo o que não tinha aprendido em uma única noite. O ônibus praticamente me teleportou até meu destino, não consigo extrair da memória nenhuma parte daquele trajeto. Corri pelo gramado até a entrada do grande prédio prisional de concreto, desci as escadas até a biblioteca. Nenhuma pessoa na guarita, estranho. Percorri os corredores com cheiro de mofo até a sessão de anatomia, porém não conseguia encontrá-la. De repente, meus sapatos pararam de fazer o som alto do calcanhar encontrando o piso para fazer um som abafado. Olhei para baixo e vi um tapete persa sob meus pés. Em suas estampas, formas geométricas pareciam desenhar um círculo sem saída, e notei que as paredes tinham se afastado. Agora eu estava no centro do tapete, no centro do labirinto. As paredes formavam um hexágono e estavam cobertas de livros do chão até o teto. Da abóboda, pendia um lustre imenso, preso por uma pesada corrente. Fui até uma das paredes e retirei um livro aleatório, com uma capa dura vermelha parecendo pesar uma tonelada. Na capa, um título escrito em uma língua que eu nunca havia visto. Na parede que ficava para Leste, tinha uma porta, na parede Oeste, outra. Não sei como sabia os pontos cardeais, eu só sabia. Minha bússola interna parecia funcionar bem, pela primeira vez. Corri até a saída Leste e entrei em outra sala. Ampla, hexagonal, cheia de livros com um lustre segurado por pesadas correntes. Comecei a correr em linha reta e, à medida que passava por salas idênticas, meu coração acelerava. Aquela corrida parecia não ter fim. Acelerei torcendo para aquele pesadelo acabar até que cheguei a uma sala diferente. Em vez de um lustre no teto, havia várias luzes nas suas laterais e nenhum livro. No centro, uma escada.

Cheguei perto da escada, olhei para baixo e não consegui ver o fundo. Olhei para cima, não consegui ver o teto. Subi um lance de escadas e comecei a correr de novo, desta vez para Oeste. A mesma corrida sem fim, os mesmos livros, o mesmo tapete, os mesmos lustres. De repente, vi na sala seguinte, em vez de uma porta, um retângulo de metal vermelho com uma pequena prateleira de madeira. Em cima desse retângulo, dizeres luminosos indicavam "saída". Agora, parecia chegar minha salvação, meu coração acelerava ainda mais. Corri até o retângulo, mas não havia porta nem janela. Na prateleira, uma navalha com cabo de madrepérola com letras douradas que diziam OCAM. Olhei para a parede norte, as capas dos livros pareciam formar o rosto de uma mulher gorda, sorrindo. Era isso. A Mulher Gorda tinha sua vingança. A única maneira de realmente adorar a Deus é mostrar que se está disposto a fazer o sacrifício supremo, aquele do qual não há volta, que não te leva para uma tarde fagueira no paraíso, mas sim para o fogo ardente do inferno. Abri a navalha, expus a lâmina e passei com força em meu pulso direito. Não senti dor. Não senti nada. Olhei para meu pulso e só havia um risco na pele, como quando você apoia o braço em cima de um caderno. Virei a ponta da lâmina para cima e a testei com meu polegar. A navalha de Ocam estava cega. A navalha de Ocam era completamente inútil. Olhei para a parede de livros e vi que a Mulher Gorda não só sorria, ela gargalhava. Aquela puta. Em um furor de raiva, joguei a navalha com força em seus lábios, que pareceram se abrir e engolir o objeto. Voltei-me para a prateleira oposta e comecei a esmurrar a parede de livros enquanto lágrimas quentes desciam pelas minhas bochechas. Desesperado, tirei um livro com capa dura verde. Quando estava prestes a arremessá-lo na direção da Mulher Gorda, li seu título. "Catorze (infinitos) domingos." Comecei a ler a introdução. Minha introdução. Em um furor literário, sentei no chão e devorei o livro em segundos. De repente, olho para frente. Não lembro uma palavra do que eu li. Estou sentado na poltrona do ônibus vendo a cidade de Ourinhos ficar para trás. Estou saindo de férias, indo para casa. Nunca houve Anatomia III. Não existe essa matéria. Tinha passado em todas as matérias do semestre sem problema algum e meus pais me aguardavam em Catalão. Sorri e olhei para o céu. Parecia limpo, sem nuvens nem lua, só estrelas. Felizmente, não tinha ninguém ao meu lado, então estiquei as pernas e senti algo estranho no peito, aquela sensação que temos quando fazemos um trabalho bem feito. Fechei os olhos e adormeci, pela primeira vez ansioso para voltar até Curitiba e começar um novo semestre.

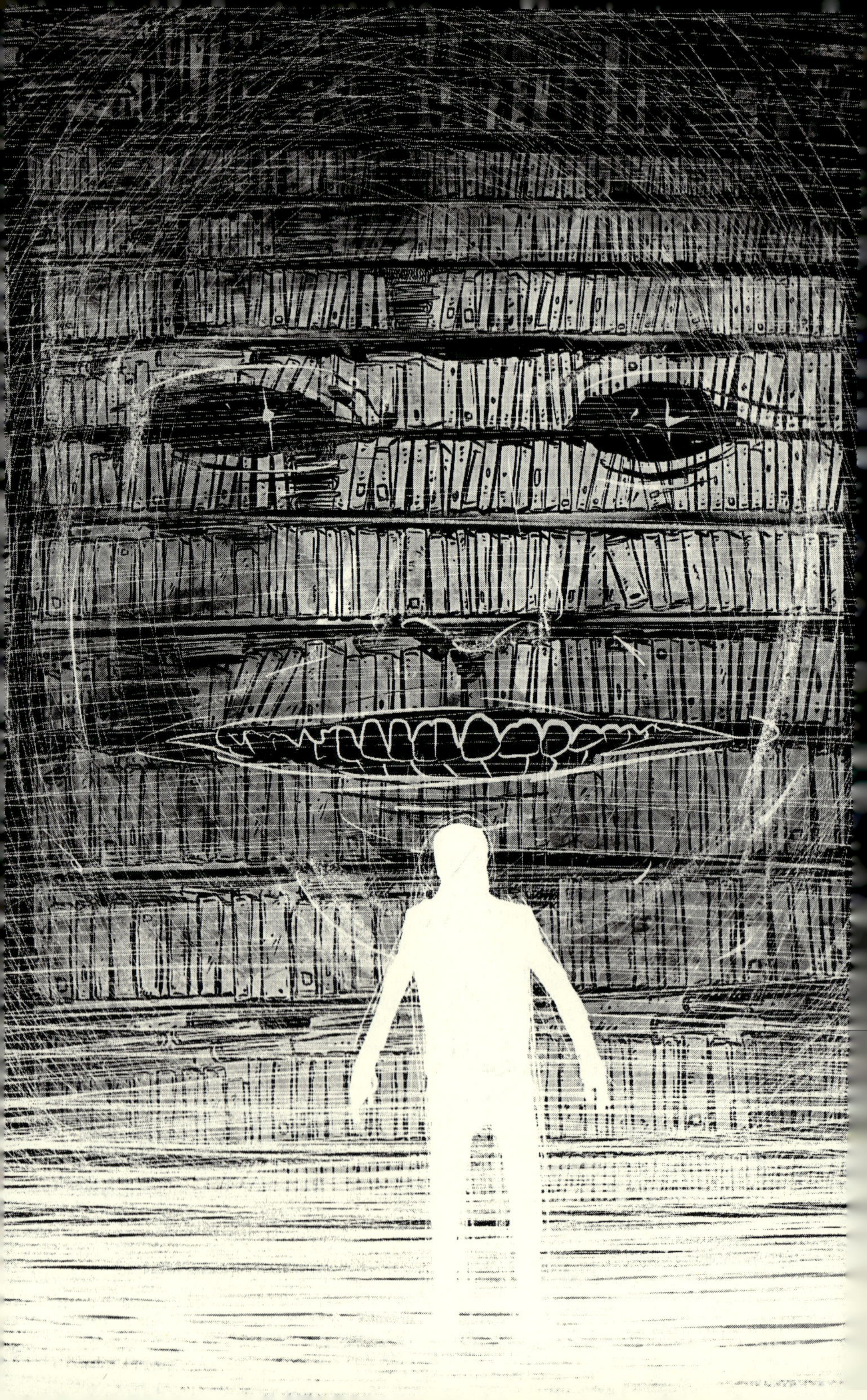

5

Agora sim! Quando peguei minha grade do quinto semestre, senti que estava, de fato, entrando no mundo da medicina. Todas as aulas seriam no Hospital das Clínicas. Teríamos Anatomia Patológica, Técnica Cirúrgica e Operatória, Anestesiologia e Propedêutica III. A partir daquele período, tive a esperança de me sentir médico de verdade. Até aquele momento, sentia-me um estudante inútil, simplesmente transitando pelas aulas sem aprender nada de medicina. Depois daquele evento na biblioteca imaginária, estava me sentindo muito melhor. Tinha parado de ficar obcecado com a morte, com o fim, com o vácuo. Admitia a possibilidade de vários mundos espirituais e isso me confortava, mesmo que esses mundos talvez não fossem de verdade. Deixei de lado todos os dogmas inúteis da Torá, do alcorão, do evangelho e optei por acreditar nas partes mais convenientes para mim de cada religião. Afinal, não é isso que todos os líderes religiosos fazem? Só acreditam nas partes convenientes, as inconvenientes deixam de lado. Todo mundo faz isso, só que eu tinha consciência de minha atitude e essa consciência me deixava livre para acreditar numa infinidade de espiritualidades diferentes. Ajustava a mais adequada para meu humor do dia e evitava o medo do vácuo.

    Cheguei das férias em uma manhã de segunda-feira, que, felizmente, não teria nenhuma aula. Como tinha ganhado uma grana extra da minha avó, decidi gastar tudo em livros, usados, , assim o dinheiro renderia mais. Iria aproveitar a segunda e fazer meu passeio tradicional. Naquela época, eu tinha um roteiro estabelecido de sebos que percorria saindo de casa. A definição de melhor sebo para pior é complicada. Os piores sebos, que são os mais desorganizados, são os mais difíceis de encontrar os livros, porém, são mais baratos e é possível encontrar pérolas, com alguma sorte. Paguei três reais em meu primeiro *Sussurro nas Trevas* em um sebo desses. Os livros, em geral, são organizados em ordem alfabética pelo título ou por primeiro nome do autor, isso quando existe qualquer organização nessa categoria. As lojas melhores ordenam seus livros por ordem alfabética do sobrenome do autor. Com certeza, você encontrará grandes livros em bom estado de conservação, só que os preços serão mais salgados. Por isso, começava passando pelos sebos mais baratos, comprava um livro aqui, outro acolá, até chegar aos mais caros, quando ainda tinha dinheiro. Depois, descia para a loja de quadrinhos. Em Curitiba, existe uma loja especializada em quadrinhos, excelente, onde comprava meus gibis (iniciei minha coleção aos quinze anos e até hoje ela só aumenta).

    Comecei meu passeio pelos sebos e, por volta da hora do almoço, tinha duas sacolas de plástico, cheias de livros, tão pesadas que as alças estavam deixando meus dedos roxos, porém tinha conseguido bons preços, o que me deixava um dinheirinho restante para gastar com gibis. Entrei na loja, dei uma olhada rápida para ver se tinha saído alguma coisa que me chamasse a atenção, felizmente não tinha. Caso houvesse algum lançamento interessante, poderia extrapolar meu orçamento. Peguei os exemplares das revistas que já acompanhava, fui até o caixa e paguei. A dona da loja sorriu, pegou meu dinheiro, contou meu troco, que consistia em poucas notas e algumas moedas. Guardei as notas e, quando fui guardar as moedas, notei uma muito diferente. Não tinha nenhum número, era um pouco mais pesada do que as demais, com o centro cor de cobre e a periferia dourada. O único desenho que havia nos dois lados da moeda era um labirinto. O troco estava certo, aquela moeda provavelmente pertencia a alguma coleção e ela havia me dado por acidente. Guardei as outras e fui devolver a estranha moeda para a dona da loja que, quando viu o que eu segurava, disse:

— Ah, você ganhou o Zahir. Não precisa se preocupar, ele é seu agora.

Ela me deu um sorriso e continuou atendendo os outros clientes. Um Zahir? Como assim, um Zahir? Zahir não era uma moeda. Não é uma moeda. Sequer é algo material. Então, por que ela chamara aquilo de Zahir? Cheguei a abrir minha boca para perguntar, mas vi quão atarefada estava, fiquei com vergonha de fazer uma pergunta tão idiota, guardei a moeda no zíper da carteira e segui meu caminho de volta para casa. Andando de volta, comecei a sentir uma coisa diferente. Algo inefável. Indescritível. Sabia que as coisas iriam melhorar. Aquela sensação calorosa de dever cumprido começou na sola dos meus pés e percorreu todo meu corpo, ao mesmo tempo que uma inquietação peculiar, um tipo de revolução começava em meu peito, uma revolução boa. Alguma coisa estava prestes a mudar. E seria o máximo.

As aulas começaram. Nunca pensei que fosse dizer, ou escrever esta frase, mas eu estava ansioso para esse início. Comecemos por Técnica Cirúrgica. Tínhamos aulas teóricas, que eram, como todas as aulas, chatas, entretanto as aulas práticas prometiam ser o máximo. As turmas eram divididas em três professores, dois homens e uma mulher. A mulher era boa gente e todo mundo que fazia a aula prática com ela passava de ano sem problemas. Um dos caras era menos tranquilo que a mulher, porém ainda assim poucos pegavam prova final. E o último era um carrasco, gostava de procurar os mínimos erros para ferrar com os alunos. Felizmente, caí na turma Intermediária. A primeira aula prática foi somente sobre lavar as mãos, e te digo o seguinte, é mais complicado do que parece. É necessário lavar as mãos sem se contaminar, escovando até a parte superior dos cotovelos. Depois aprendemos a calçar as luvas estéreis (acreditem ou não, essa era a parte mais difícil), colocar o jaleco estéril, chegamos até meio do semestre e não tínhamos operado nem um porquinho. A primeira prova prática era só até calçar as luvas. Ridículo, apesar de necessário. E o engraçado das notas era a clara divisão de turmas. Quem tinha pegado o professor mais carrasco tinha as notas mais baixas e quem tinha pegado a professora boazinha, as notas mais altas. Na segunda metade do semestre, iríamos começar a operar os porcos. A hora estava chegando. Os animais seriam sacrificados após a cirurgia, sua carne seria encaminhada para os açougues e as válvulas de seu coração encaminhadas para salvar a vida de um paciente que precisava de uma prótese valvar biológica,

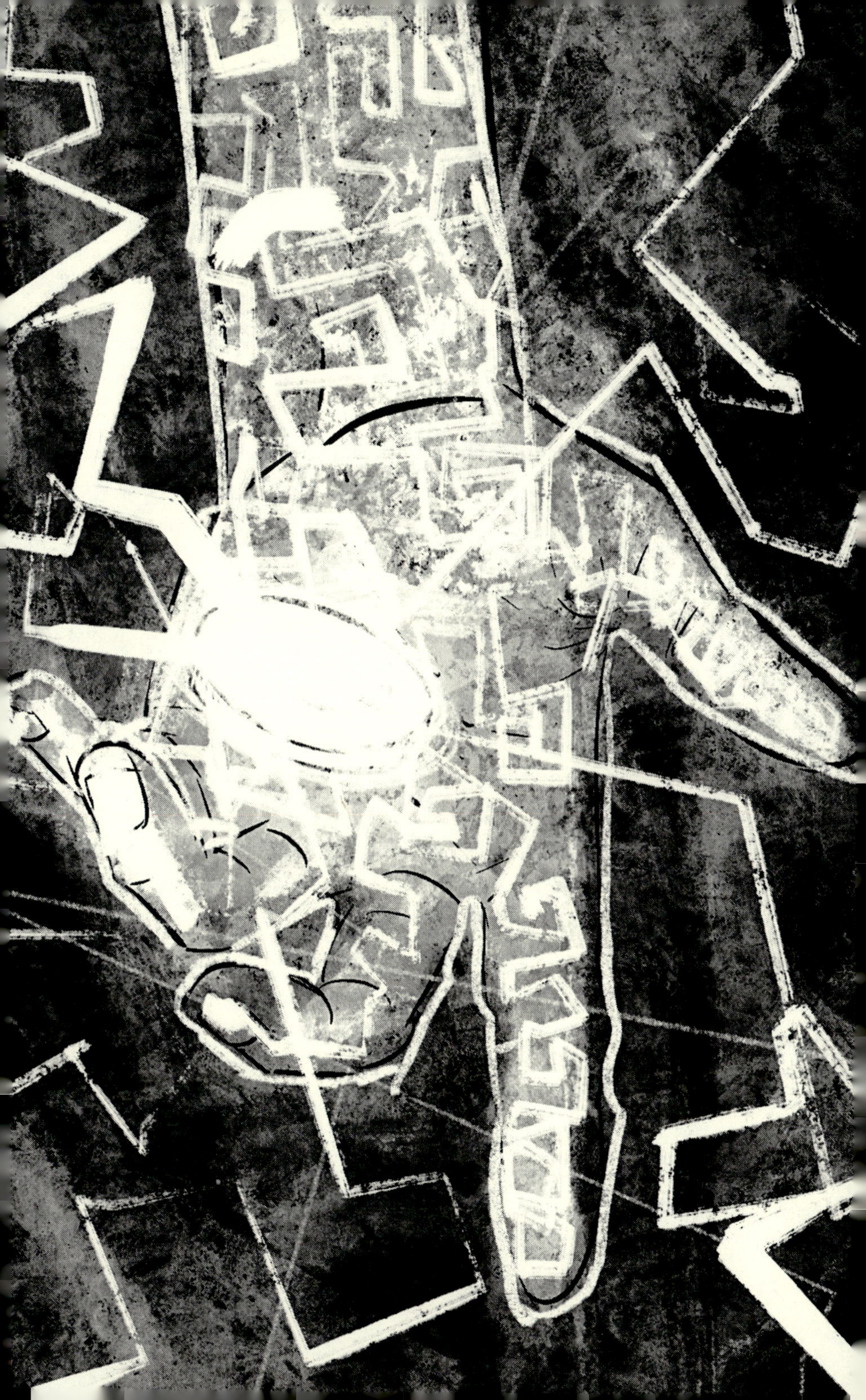

não iríamos simplesmente sacrificar animais para o aprendizado. Eu não tinha nenhum problema com isso. Ninguém da turma tinha. Antes, as aulas de Técnica Cirúrgica eram feitas em cachorros. O custo para a universidade era menor, porque usavam cachorros de rua. Infelizmente, a sociedade protetora dos animais havia conseguido uma liminar para proibir as cirurgias em cães, o que aumentou os custos da universidade e diminuiu o número de cirurgias que os alunos realizavam. Não consigo ver muita diferença entre operar cães ou porcos. Quando as cirurgias eram feitas em cachorros, era possível avaliar o pós-operatório, o que aumentava o aprendizado. Os porcos eram imediatamente sacrificados. Eu, como adepto do consumo de carne, não sou hipócrita a ponto de dizer que sou contra a morte de animais, por isso qualquer um que estivesse na mesa eu toparia operar. Nossa turma tinha os porquinhos, por isso treinávamos nossa técnica neles.

Fazíamos as cirurgias em grupos de quatro pessoas, um anestesista, um cirurgião, um auxiliar e um instrumentador. A cada cirurgia, mudávamos de função, assim todos aprenderíamos um pouco de cada área. Claro que não sairíamos dali cirurgiões, porém uma noção de cirurgia todo médico tem que ter. No total, devemos ter operado cerca de cinco porcos. As cirurgias eram simples, não lembro exatamente quais fizemos. Lembro de uma em que tínhamos que ligar um dos ramos da artéria hepática e ver qual parte do fígado isquemiava (ficava sem sangue). No dia da última prova, tínhamos que operar um porco. A rotação iria acontecer no meio da cirurgia, não lembro exatamente a ordem, mas todos passariam pelas quatro posições durante a prova. Em um dado momento, eu estava de anestesista, um colega acidentalmente seccionou uma artéria e o sangue começou a inundar a cavidade abdominal do porco. Ficamos sem saber o que fazer, tentamos parar o sangramento, só que não conseguíamos, o suor escorria pelas minhas costas, nervoso, até que o instrumentador olhou para mim e disse "mata o porco". Eu olhei com uma cara de "que porra é essa, cara?". Mesmo a expressão tendo ficado parcialmente escondida atrás da máscara, ele entendeu e completou "o bicho não está monitorado mesmo, a gente mata ele, mortos não sangram, terminamos a cirurgia, o professor vê que está tudo tranquilo e passamos de ano". Nós nos entreolhamos. A lógica dele era imbatível. Aspirei na seringa uma dose cavalar de anestésico e fiz de uma vez no pobre porquinho. Aos poucos, sua respiração foi ficando mais lenta, seu coração batendo devagar, o sangramento diminuindo, diminuindo, até parar. Limpamos a cavidade abdominal, terminamos a cirurgia (honestamente não lembro exatamente qual era o procedimento que estávamos fazendo), o professor passou por ali, não viu nada de errado, deu os parabéns, suturamos o cadáver, e fomos para casa seguros da aprovação, que obviamente aconteceu. O professor não percebeu que o porco estava morto durante a cirurgia.

Em um dos primeiros domingos após as férias, lembrei que a entrada era franca no Museu do Olho, aos domingos. Decidi voltar até lá e ver se o interior do museu era tão bonito quanto o exterior. Quando cheguei, me decepcionei. Não me lembro exatamente de nenhuma obra exposta, porque nenhuma me chamou a atenção. Não sou um grande fã de pinturas. Uma obra de arte é algo que consiga te fazer sentir alguma coisa. Não digo amor, medo, ódio ou algo neste sentido. Uma verdadeira obra de arte, em minha opinião, tem que te deixar inquieto. Este sentimento não é despertado, em mim, por nenhuma pintura. Algumas esculturas até conseguem fazer isso, porém nenhuma tela remexe a inquietação produtiva que espero da arte. Por isso não gosto muito. Não digo que pinturas não sejam capazes de despertar isso em outras pessoas, só que, em mim, não são, por isso não sou um grande fã. Algumas pinturas e esculturas estavam expostas, nada que saltasse aos meus olhos. Mesmo a arquitetura do interior não chamava tanta atenção quanto a do exterior. Não havia um traço diferente, um ângulo peculiar, um teto criativo, uma coluna inusitada. Só mais do mesmo. No dia em que fiz minha visita, em uma das salas, havia uma exposição inspirada na Paris dos anos vinte. Era o lugar mais cheio do museu. Passei pelo portal que dava acesso e, meio sem jeito, comecei a andar pelo salão. As pessoas ali pareciam estar um pouco embriagadas e percebi que, em um canto, havia um carrinho de bebidas, com um garçom servindo aos que chegavam por ali. Vi um quadro muito bonito, que só mostrava uma rosa solitária dentro de uma garrafa verde, parecia uma antiga garrafa de vinho, parcialmente cheia com um pouco de água. Ao meu lado, um homem de cabelos negros, bigode também negro, com um porte físico atlético, olhava para o quadro. Uma senhora, que já mostrava seus primeiros cabelos brancos, vestida com uma calça marrom e uma camisa listrada, colocou a mão no ombro deste jovem e perguntou:

— O que acha desta rosa, Ernesto?

— É uma rosa.

Ao responder, ele se virou para mim, passou o braço em volta do meu ombro e perguntou, apontando para o quadro:

— E você, meu jovem, o que acha?

— De fato, é uma rosa.

Ele começou a rir, virou-se para a senhora e disse:

— Você ouviu o homem, Gertie. É uma rosa. Venha comigo, vamos pegar uma bebida para você, garoto.

Juntos, cruzamos o salão e fomos até o carrinho de bebidas, onde ele pegou uma taça de vinho, encheu quase até a borda e me deu. Tive que tomar um grande gole para evitar que derramasse ao caminhar. Depois, agarrou meus ombros de novo e me levou até um grupo de pessoas. Um senhor com um fino bigode preto explicava alguma coisa sobre um quadro de cavalos com pernas extremamente longas, que havia pintado há um tempo atrás. Ao seu lado, um jovem de cabelos e olhos negros, com fundas olheiras, escutava atentamente. Com um riso nervoso, este rapaz olhou para mim e disse:

— Já pensou se não conseguíssemos sair desta sala?
— Como assim? Colocariam uma porta? Ou um guarda?
— Não. Simplesmente não poderíamos sair.

Ernesto pareceu não se interessar pela conversa, me soltou e foi para um canto da sala ajudar um homem que tentava acalmar sua esposa. A mulher chorava e esperneava com força aparentemente sobre-humana. Aquilo parecia um abrigo de loucos. Voltei-me para o jovem e perguntei:

— Por que não iríamos poder sair?
— Simplesmente não poderíamos. Acho que não posso sair daqui. Não consegui passar pela porta. Já tentei.
— Tente tomar um pouco mais de vinho. Acho que conseguirá. Qual seu nome?
— Luís. Não vi ninguém sair da sala desde que cheguei aqui. Olhe para o *barman*.

Vi o *barman* empurrar seu carrinho de bebidas como se fosse sair, parou no limiar do portal, depois deu meia-volta. Começava a ver sentido no que ele falava quando um homem careca, com cabelos somente nas laterais da cabeça, se aproximou de mim e disse:

— Venha comigo, garoto. Termine sua taça. Seu lugar não é aqui.

Terminei minha taça de vinho e, sem questionar o que ele havia dito, o acompanhei. Deixamos nossas taças no carrinho e saímos da sala, sem nenhum problema. Lá dentro, as pessoas começavam a dançar. Sequer parecia ser o interior de um museu. Olhei para o senhor que me acompanhava e perguntei:

— Você viu que ninguém consegue sair dali? Nem o *barman* conseguiu.

— Eles não conseguem. São todos gênios.

— Por que nós conseguimos?

— Por que acha?

— Porque não somos gênios?

— Exatamente. Sou um escritor mediano que, apesar de ter escrito muito, só um dos meus livros vale a pena ser lido.

— Sério? Você acha isso sobre si mesmo?

— O que eu acho não importa. Só o que você acha

— Mas eu me considero um gênio. Só não fui descoberto ainda. Não sei em qual área sou genial, porém tenho certeza de que sou um gênio.

— É isso que você pensa?

— Não. É o que quero pensar. Como é seu nome?

— Henry.

— Meu nome é Adriano.

— Eu sei.

Ele disse isso e me ofereceu uma garrafa que trazia no bolso do paletó. Dei um gole longo e senti a bebida queimar minha garganta. Devolvi a garrafa para ele, que também deu um gole comprido.

— Você precisa aprender algumas coisas. Acha difícil fazer amigos porque não usa o lubrificante social adequado. Vai ver como sua vida vai ficar mais fácil de hoje em diante.

Eu acenei em confirmação e estendi a mão pedindo mais um gole. Ele sorriu e devolveu a garrafa. No segundo gole, a bebida queimou menos. Quando saímos do museu, já estava escuro. Eu havia chegado pouco antes das onze da manhã, não pensei que tivesse ficado tanto tempo lá dentro. Estranhamente, também não sentia fome. Fomos até um bar, que ficava em frente ao museu, sentamos e pedimos uma cerveja sob o imenso olhar de vidro e concreto. Começamos a conversa sobre literatura, pouco depois falávamos sobre mulheres. Brancas, negras, ruivas, gordinhas, magrinhas, mais velhas, mais novas. Mulheres, em todas as suas formas e trejeitos. Não sei depois de quantas cervejas nos levantamos para procurar outro bar. Caminhamos nos apoiando na garrafa que ele levava no bolso. Chegamos até uma casa com uma luz vermelha na porta. Ele olhou para a porta, olhou para mim, viu meu ar de preocupação, começou a gargalhar, dizendo:

— Venha, esta é por minha conta!

Sentamos à mesa e pedimos uma cerveja. Logo duas mulheres sentaram-se ao nosso lado. Do meu lado, uma linda jovem de pele branca, cabelos negros e olhos amarelos. Do seu lado, uma negra maravilhosa. A jovem ao meu lado sorriu e colocou a mão na minha perna. Ela olhou para ele, que fez um sinal afirmativo com a cabeça para a mulher. Aparentemente ele era conhecido. A garota me pegou pela mão e me conduziu até um quarto, onde começou a beijar meu pescoço e colocou minha mão sobre seus glúteos. Começamos nossa dança. A embriaguez fez com que meus movimentos parecessem fluidos, pareceu aguçar meus sentidos, sabia onde tocar seu corpo e como tocá-lo. Ela me tinha em suas mãos, fazia coisas que só a experiência tornava capaz. Depois do ato, ela me apontou um banheiro. O banheiro era branco, limpo. Lavei o pênis na pia, lavei o rosto e sequei tudo com as toalhas de papel disponíveis. Vesti minhas roupas e me despedi, enquanto a menina sorria ao me mandar um beijo. Encontrei meu novo amigo com a negra sentada em seu colo, ambos sorrindo.

— Demorou bastante, hein? Espero que tenha aproveitado. Agora, se me dá licença — disse, virando-se para a mulher em seu colo — tenho que deixar este jovem em casa.

Saímos do lugar felizes, eu conversava pelos cotovelos, contava cada detalhe da minha noite, enquanto ele sorria condescendente, satisfeito consigo mesmo. A caminhada até a porta de casa pareceu nem acontecer. Convidei-o para entrar, por educação, pelo menos até pedirmos um táxi, porém ele disse que não deveria sequer estar ali, logo logo, seria obrigado a voltar, independentemente do que fizesse. Não entendi bem, mas não tive tempo de perguntar o que quis dizer com aquilo, ele já havia virado as costas e seguia seu caminho. Antes de virar a esquina, sem virar o rosto, fez um aceno de mão. Acenei em resposta, mesmo sabendo que ele não poderia ver. Depois daquela noite, seu trabalho fora feito e não precisaríamos mais nos encontrar. Minha vida nunca mais foi a mesma.

Comecei a beber. Não virei alcóolatra, porém o álcool é popular por um motivo simples. Ele funciona. Quando se bebe, não se presta muita atenção no que seus amigos estão falando, ou sequer importa o fato de ninguém ter os mesmos interesses que você. Você está ali, rindo, bebendo, socializando, o que está sendo falado não é importante. Só então comecei a sair de verdade. E só então parei de considerar meus colegas de faculdade como meros "colegas" e passei a chamá-los de amigos. Nós íamos a bares, baladas, shows, ficávamos na casa de alguém jogando videogame, fazendo um churrasco, rindo. Encontrando a alegria. Era bom. Foi bom. Ainda estava dando passinhos de bebê nos meus relacionamentos com o sexo oposto. Era um não aqui. Uma palavra errada ali. Aos poucos, estava pegando o jeito, descobrindo o grande segredo por meio de tentativa e erro. Erro. Erro. Até descobrir que mulheres e homens têm os mesmos desejos e, muitas vezes, as mesmas inseguranças. Via o sexo feminino como uma estranha entidade misteriosa e alienígena, cuja língua nunca seria capaz de entender. Mal sabia que a língua que falavam era a mesma que eu. Uma língua silenciosa e universal. O dialeto feromônico humano. Sexo.

 Lembro-me de uma noite, tínhamos uma grande prova de Propedêutica III, a primeira, e todos haviam nos avisado que era a mais difícil. Para nos preparar, ficamos em um grande grupo estudando até as quatro da manhã, e um estudo de grupo é a maneira mais garantida de não estudar absolutamente nada. Começávamos a tentar entender uma parte, logo as risadas começavam, as brincadeiras, ninguém conseguia se concentrar. Às quatro da manhã, com cerca de metade da matéria ainda faltando para estudar, decidimos ir a um costelão. Curitiba tem essa estranha tradição de ter vários restaurantes que vendem costela bovina 24 horas por dia, espalhados por toda a cidade. Você pode comer quanta costela, salada e arroz quiser. Não vi algo parecido em nenhum outro lugar do mundo. Era surreal. Então chegamos lá, nos empanturramos de costela e depois fomos para a maldita prova. Ninguém conseguiu tirar nota maior que sete. Eu e mais dois amigos tiramos seis e meio, o restante seis. Porém, esta matéria tinha várias provas, todas as outras mais fáceis, quase ninguém pegava prova final. A primeira prova era mais difícil porque fazia parte de uma estratégia para fazer os garotos estudarem mais, para nós aquilo não funcionou. Todos estavam muito preocupados com as provas de Anatomia Patológica.

Esta matéria era o principal terror do quinto período, quase metade da turma, em geral, tinha que fazer prova final. Era mais uma matéria de microscópio. Tínhamos que olhar as lâminas de cada órgão, ver se era câncer, ou qualquer outra doença, víamos órgãos doentes inteiros, para melhor entender o mecanismo que gerava a doença. Era até interessante. Nas provas, era projetada uma imagem e tínhamos que marcar em uma folha de papel a alternativa que dava o diagnóstico correto. Poderia ter sido bem difícil. Só que a turma inventara um sistema. Todos sabiam que a matéria era muito complicada, então estavam todos comprometidos com o sistema. Um dos poucos casos em que os noventa alunos da turma concordaram com alguma coisa. Quando uma imagem era projetada, bastava olhar a posição da borracha na carteira do colega que você sabia o que ele tinha marcado. Canto superior esquerdo, "A". Canto superior direito, "B". Canto inferior direito, "C". Canto Inferior esquerdo, "D". Centro, "E". Assim que uma imagem era projetada, todos colocavam as borrachas nas posições que achavam a certa e iam conferindo com os mais inteligentes. Eu checava as borrachas alheias, é claro, mas a não ser que tivesse muita dúvida, não mudava minha resposta. Tinha aquela matéria dominada. O sistema estava funcionando, todos estavam indo surpreendentemente bem nas provas, até que chegou nossa fada madrinha do Shrek (sim, a professora era idêntica à fada madrinha, mãe do príncipe encantado, em Shrek) para avacalhar nosso sistema. Além de ser extremamente chata, a filha da puta era inteligente. Ensinava a parte cardiológica da anatomia patológica (cada órgão era ensinado por um professor diferente), uma das mais difíceis. Ela não projetava só uma imagem. Projetava várias imagens ao mesmo tempo e colocava algumas questões discursivas no meio. Simplesmente impossível de colar. Algumas pessoas tentaram reclamar contra o modelo proposto na hora da prova e me lembro, claro como o dia, de seu sorriso maligno e de suas palavras: "Esse é o jogo." Fazer o quê? Aquele era o jogo e ela ditava as regras. Fizemos a prova, e o ferro entrou sem pedir permissão. Porém, aquela era só mais uma prova de várias outras que tivéramos. No final das contas, a nota dessa prova não atrapalhou ninguém. Só que ela não contava com o seguinte: alunos são seres rancorosos. Se a vingança é um prato a ser servido frio, a cabeça dela foi servida no Alasca!

Quando estávamos bem mais adiantados no curso, tivemos a notícia de que a dita cuja havia sido presa (sim, presa!!!) pela polícia federal por tráfico de órgãos. Estavam acusando-a de roubar órgãos para transplante. Imediatamente comecei a dar risada. Não me importava com a vida dela, nem me importo, nem nenhum dos meus colegas se importava, porém me lembro que alguns hipócritas, que tinham exprimido o mesmo número de xingamentos que eu quando ela fez aquela travessura na prova, ficaram horrorizados. Escutei até mesmo alguns murmúrios de "coitada". Por um certo ponto de vista, ela era uma coitada. A acusação não tinha o menor fundamento. Não se pode coletar o órgão de um defunto, morto há várias horas (dias, às vezes), e implantar em um ser vivo. O que ela fazia (ou parecia fazer, não sei se teve confirmação, só me lembro dos rumores), era pegar órgãos com patologias raras e mostrar aos alunos, para que aprendessem, porém, para fazer isso é preciso de autorização da família, e nem sempre essa era uma das preocupações da professora. Aparentemente fora presa com três corações no carro, acusada de estar levando os órgãos para transplante. Pobre fadinha. Com sua voz fina e maligna. Não estou aqui para julgar se foi merecido ou não, só que, vindo de mim, nenhum murmúrio de "coitada" foi ouvido. Já disse antes, afirmo de novo. Consigo guardar rancor. Por muito tempo.

Nunca soube o que aconteceu de verdade, ou sequer se aconteceu alguma coisa. Não me importei o suficiente para ir atrás da notícia.

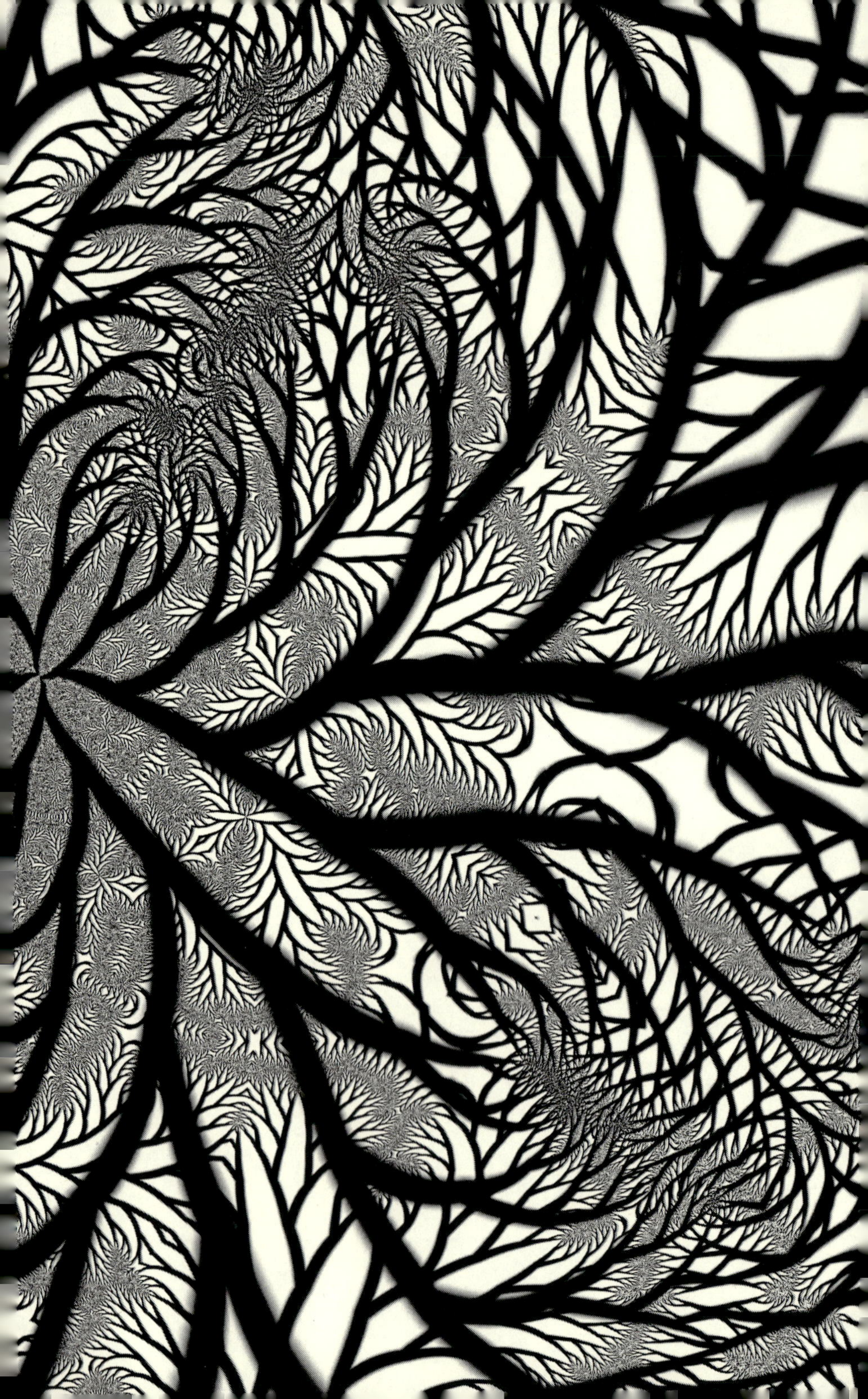

6

Tem uma coisa me incomodando. Sento em minha cadeira subterrânea, abro o computador e começo a digitar. Abro minha carteira, já devo tê-la trocado umas quatro vezes desde que saí da faculdade, porém abro o compartimento de moedas com as mãos tremendo, vasculho o fundo e sinto um objeto metálico tocar meu indicador. Sempre guardo minhas moedas no console do carro, por isso meu coração acelera. Quando pego a pequena moeda acobreada, reconheço o Zahir. Tenho uma extrassístole. Respiro fundo, guardo o objeto na carteira de novo. Não lembrava dessa moeda. Engraçada a confiança que temos na memória. Confiamos mais nas nossas recordações do que em fatos. Quantas vezes não lemos alguma coisa que escrevemos há muito tempo e pensamos "eu não escrevi isso", ou alguém nos conta alguma coisa e nossa resposta imediata é "não fiz isso". Nossa memória é falha. Ela inventa. Ela esquece. Meu "eu" da faculdade não sabia de muita coisa que sei hoje. Mas meu "eu" da memória, que se lembra da faculdade, sabe de tudo que sei, além daquilo que esqueci. Passo os dedos pela cicatriz do *aleph* em minha mão, enquanto lembranças e desejos se misturam em uma amálgama irreal, me conduzindo pela narrativa errante que tento traçar, em uma tentativa fútil de encontrar o Batin do mundo. Eu paro. Penso. Respiro. Fecho os olhos e abro de novo, enquanto a página, agora não mais em branco, me observa. Invento o sexto período. E começo este novo capítulo.

As matérias já tinham nomes de especialidades médicas. Cardiologia. Pneumologia. Iríamos começar as primeiras consultas a pacientes nas nossas práticas de atendimento ambulatorial geral (PAAG), ou seja, atenderíamos nos postos de saúde. Agora, daríamos o primeiro atendimento ao personagem principal de minha profissão. O paciente. Muitos médicos, na verdade, quase todos os médicos, consideram-se os artistas principais do mundo, semideuses caminhando em um mundo de insetos, mas sem os pacientes não seríamos ninguém, não teríamos razão alguma para existir. Eles são os verdadeiros protagonistas de nossa profissão. O único defeito da matéria é que todos os postos de saúde ficavam longe de casa. Para minha sorte, éramos obrigados a ir até os postos em grupos e, em meu grupo de três pessoas, dois tinham carro. Meu transporte estava garantido, não teria que voltar a pegar o ônibus. Coitadinho, o garotinho privilegiado não queria pegar ônibus, buá, buá.

O PAAG começava. Atendíamos em duplas, demorávamos cerca de duas horas para atender somente um paciente. Não sabíamos exatamente o que perguntar, então perguntávamos tudo. Não sabíamos exatamente o que examinar, então examinávamos tudo. Valorizávamos queixas que não deviam ser valorizadas, esperávamos respostas que nem os pacientes sabiam dar. Nosso chefe tinha uma paciência surpreendente para nos explicar, praticamente fazia uma nova consulta com o paciente e diagnosticava em minutos o que não tínhamos conseguido diagnosticar em horas. É normal, por isso estávamos sendo supervisionados, para adquirir experiência, interagir, aprender. Os atendimentos eram tranquilos e, por mais que tivesse uma preguiça infinita de me deslocar até o posto de saúde, sabia que era um mal necessário. Agora, o que realmente incomodava eram as palestras. O professor nos obrigava a organizar material para dar uma palestra educativa para a comunidade e era simplesmente um saco. Ninguém ali estava interessado no que estávamos falando, preferiam acreditar no que a vizinha dizia a aquilo que falávamos, mesmo que nossa pesquisa tivesse sido boa. Então, boa parte das nossas palestras era desacreditando mitos populares, como o de que mulheres no "resguardo" não podem lavar a cabeça, ou que manga com leite faz mal. Era praticamente impossível fazer as pessoas acreditarem em quatro moleques em vez de anos de mitologia, porém fazíamos o nosso melhor. Claro que não tínhamos sucesso. No final das contas, o principal aprendizado dos postos de saúde era o contato humano e humanizado, com uma grande vantagem: não tinha prova, só frequência, então para não reprovar, bastava comparecer.

Lembro-me de um dia em que saímos do posto de saúde, era uma quarta feira, porém na quinta de manhã não teríamos aula, não sei por qual motivo, por isso fomos direto para um bar. Começamos a tomar uma cerveja gelada, no final da tarde, falando sobre os "muitos" dois pacientes que tínhamos atendido (até hoje me assusto com o tempo que demorava para atender uma pessoa, hoje, sem muita dificuldade, atendo quatro pacientes em uma hora) e quanta história esses pacientes eram capazes de produzir. Nós falávamos das infecções de urina, rinites, erisipela, comentávamos da ausculta cardíaca ou pulmonar que tínhamos feito. Nos sentíamos um pouco mais médicos quando fazíamos aquilo. À medida que a noite avançava, o nível alcoólico a acompanhava. Começamos a falar de todas as meninas da sala. Qual era mais bonita, qual a mais gostosa, em quem cada um tinha mais tesão. Surpreendentemente, os gostos eram bem variados naquela mesa e, se cada um fosse capaz de conquistar seu objeto de desejo, não teríamos conflito. Em um grupo de homens que trabalham juntos, é impossível o assunto não recair na bunda das suas colegas de trabalho. Hoje, com um pouco mais de experiência, acho que as mulheres, quando se juntam, também falam das bundas de seus colegas, talvez com um pouco mais de discrição, apesar de, provavelmente, com a mesma quantidade de desejo. Continuamos bebendo, enquanto, na televisão, o jogo de futebol se desenrolava. Ninguém estava prestando muita atenção, mas quando a fala do narrador começava a aumentar, todos se viravam para a tela. Infelizmente, naquela noite, não vimos nenhum gol. Depois do jogo e da bebida, de tanto falarmos das nossas colegas estávamos todos excitados e ninguém queria dormir. Procuramos um lugar onde nossos desejos seriam garantidos facilmente, sem nenhuma dificuldade, a não ser a financeira. Eu tinha gastado quase todo meu dinheiro em livros, ou gibis, naquele mês, então ia mais pela companhia do que pela finalidade, mesmo assim, já estava bom. Também não queria dormir ainda.

    Chegamos ao bordel quando os *stripteases* estavam começando. Era a cerveja mais cara da cidade, mas valia a pena. Nos filmes e novelas, as prostitutas são todas lindas, corteses, cultas, educadas, isso pode até ser verdade em puteiros de luxo, já nos de classe média, a maior parte delas é meio grossa, meio gorda, com os dentes algo tortos, ou seja, são mulheres normais que optaram por aquela profissão. Já vi algumas pessoas comentarem que têm dó de prostituta, que elas não merecem aquela vida, porém, sinceramente, não tenho pena delas, fazem uma escolha e vivem com essa escolha, e a maior parte das putas que conheci eram felizes e de bem consigo mesmas. Pelo menos esta é a minha impressão, apesar de reconhecer que nunca conheci uma prostituta fora de seu lugar de trabalho. Para ir mais a fundo na vida e na consciência das profissionais do sexo, seria necessário um estudo que não estou disposto a fazer.

Sentamos à mesa do puteiro e três mulheres sentaram aos nossos lados, colocando a mão nas nossas coxas. Aquele assédio era maravilhoso. Pena que, para mim, ia durar pouco. Ela pediu um drinque, eu não paguei, ela se levantou. Meus amigos pagaram os drinques para suas respectivas companheiras enquanto eu bebericava meu copo e olhava as dançarinas nuas no palco. Meus dois amigos pareciam estar bem de dinheiro, porque o clima começou a esquentar e, em pouco tempo, estava sozinho na mesa. Eles tinham ido para os quartos. O show tinha acabado e o próximo ainda demoraria uma hora. Naquele momento, eu já queria ir embora, infelizmente estava de carona, por isso tive que esperá-los terminar. Pedi mais uma cerveja e fui até o banheiro. Quando entrei, um senhor de terno preto e gravata preta, com uma barba cerrada, fumava um charuto em um canto. Ainda não havia entrado em vigor a lei que proibia fumar em espaços fechados, mas, meu Deus, aquele charuto era fedido. Ele me olhou, eu o cumprimentei com um aceno de cabeça e fui até o mictório:

— Devemos começar a amar a fim de não adoecermos e estamos destinados a cair doentes se, em consequência de frustrações, formos incapazes de amar.

Eu continuei urinando e, sem me virar para o senhor, perguntei:

— O quê?

O senhor ficou em silêncio enquanto eu terminava de urinar, achei melhor não prolongar o assunto. Lavei as mãos e olhei para seu rosto com um olhar de interrogação. Ele abriu a boca para dizer:

— O amor é cura, mas também é loucura.

No banheiro de um puteiro, um cara esquisito começa a falar coisas aleatórias para um bêbado e espera ser levado a sério? Acho que não. Comecei a rir, em um acesso incontrolável, uma risada que só uma pessoa realmente bêbada é capaz. Ele tirou o charuto da boca, jogou no vaso e começou a rir também. Passou a mão pelo meu ombro e ríamos juntos. Ele tirou um pequeno frasco de vidro com um pó branco do bolso e me perguntou:

— Você quer?

Ao dizer isso, ele pegou um pouco do pó, colocou em sua tabaqueira anatômica e cheirou. Pelo menos não era veneno. Eu estava muito bêbado para ter qualquer discernimento, estendi minha mão direita , o senhor colocou um pouco do pó em meu punho e eu cheirei. Senti as narinas queimarem e uma lufada de coragem e confiança invadiu meu peito. Inspirei profundamente e acenei afirmativamente com a cabeça para ele.

— Bom, né?

— Muito bom.

— Quer chupar os peitos da minha cunhada?

Ele deve ter visto minha cara de espanto e dúvida. Começou a rir, não com tanta intensidade, de novo, e disse:

— Fique tranquilo, sou dono do lugar. Não vou te cobrar nada. E aí, quer chupar minha cunhada ou não?

— Claro!

Fui até minha mesa e peguei minha cerveja. Meus amigos ainda não tinham chegado. Sentei à mesa com meu novo conhecido. Uma mulher de cabelos negros amarrados em um coque, usando um vestido longo, branco, sentou no meu colo e expôs seus lindos seios brancos sem que ele dissesse nada. Eu lambia seus mamilos róseos com doçura e escutava seus gemidos de prazer. Com delicadeza, levei minha mão por baixo de sua saia e senti a maciez da parte interna de suas coxas, meu toque fazendo seus poros arrepiarem. A mulher puxou minha cabeça para longe de seu busto, me deu um beijo na boca. Meus dedos encontraram sua vagina e ela gemeu. Não estava de calcinha. Senti um cutucão em meu ombro e vi o senhor nos convidando a acompanhá-lo. Entramos em um quarto, ele sentou em uma cadeira no canto e disse:

— Coma-a de quatro.

A mulher não pestanejou. Abaixou minha calça e com a boca colocou o preservativo com uma destreza que nunca vira. Depois ela se virou, apoiou os joelhos e a cabeça na cama enquanto levantava sua saia com as mãos. Eu a penetrei e senti o calor da sua boceta molhada. Ela gemia enquanto nós dançávamos em vai e vem. Eu cheguei a olhar para o velho uma vez, para ver se ele se masturbava, porém só ficou sentado, olhando. Demorei a terminar, estava bêbado, ela me disse que gozou duas vezes antes que eu conseguisse gozar. Depois do coito, ele me agradeceu e se despediu. Ela o seguiu, semidespida. Fiquei sem entender bem o que tinha acontecido naquele quarto enquanto colocava minhas roupas. Saí e meus dois amigos me esperavam há um tempo. Perguntaram se tinha decidido gastar meu dinheiro e, para economizar tempo, respondi que sim. Ninguém acreditaria na história verdadeira e eu sinceramente não estava com tempo para explicar. Não tinha certeza nem se eu tinha entendido. Voltamos para casa mais leves e nos preparamos para mais um dia de aula.

Não consigo lembrar com clareza das aulas específicas das especialidades, porém me lembro da semana de provas. O sexto período tinha um grande número de matérias, portanto, um grande número de provas. A semana seria insana, teríamos duas, até três provas no mesmo dia. Seria uma semana deste jeito no meio do semestre e outra no final. Por mais que as matérias não fossem muito difíceis, era muita coisa para estudar. Como bom brasileiro, não me preparei com antecedência para as provas. Deixei tudo para a semana anterior. Mal comia, só ficava trancado em casa, estudando, cada dia uma matéria diferente. Esse estresse de prova não deixa nem um pingo de saudade. A melhor parte da vida adulta é que não preciso mais fazer nenhuma prova. Eu estudava e estudava, ficava à noite estudando. Preferia estudar sozinho, depois daquele dia antes da prova de Propedêutica sabia que essa era a melhor decisão. A semana de provas se arrastou, parecia não ter mais fim. Quando chegou a sexta-feira e fiz a última prova, foi um alívio. Não sabia a nota ainda, mas sabia que tinha ido bem o suficiente para passar de ano. Agora teríamos mais alguns meses de folga até a semana insana do final do semestre, que ainda demoraria, então não tinha motivo para me preocupar. Neste meio tempo, o Intermed.

O Intermed eram os jogos da medicina. O evento, em tese, existia como uma forma de estimular o esporte, as faculdades competiam nas mais variadas modalidades, natação, judô, tênis, futebol, enfim, qualquer esporte. Porém, a maior parte das pessoas só ia para beber. Nos primeiros semestres de faculdade, como eu não bebia, desprezava este tipo de evento da faculdade, um bando de garotinhos ricos fingindo que estão vivendo a vida ao máximo, ingerindo a maior quantidade de álcool e beijando o maior número de bocas. Estava preocupado com o sentido da vida, com a verdadeira dor do ser humano. Na verdade, não passava de masturbação mental. Agora, era totalmente a favor de me afogar em álcool e fingir que minha vida tinha algum significado. A solução mais eficaz para ter uma vida em sociedade é o lubrificante adequado. Nada melhor do que dois dedinhos de whisky. Ou uma garrafa. No ônibus, já começávamos a beber, por isso quanto mais longa a viagem, melhor. Esse Intermed seria em Lajes, longe para caralho, então chegaríamos lá bêbados para caralho. As acomodações eram as piores possíveis. Salas de aula, ou galpões, com um monte de colchões acumulados, pessoas pisando nos seus lençóis, pisando em você, ocasionalmente escutávamos alguma cópula escondida. Os banheiros eram coletivos, os vasos não funcionavam. O único jeito de suportar aquilo era bêbado. E nós bebíamos. Começávamos bebendo no café da manhã, continuávamos bebendo à tarde, tomávamos banho, e íamos para as festas, que começavam às dez horas da noite, beber. Era muito álcool. E, neste ambiente controverso, um pequeno milagre aconteceu.

Fomos para a primeira noite de festa, depois de horas de bebedeira, estávamos animados, eu e meus amigos dançando a famosa dança bêbada, que não faz sentido algum. A vantagem é que todas as outras pessoas estavam tão bêbadas quanto você, por isso ninguém seria capaz de notar o que o ser humano ao seu lado fazia. Em algum momento, eu troquei de crachá com um amigo e fiquei me chamando de Vinícius enquanto ele se chamava Adriano. Nós ríamos deste *non sense* ébrio. Vi uma menina se aproximar, não houve nenhuma chama, nenhum sino, nenhuma faísca. Ela era mulher. E estava viva. Eu era homem. Estava lá. Quando a vi, passei meu braço por seus ombros com gentileza e perguntei como se chamava, ela disse "Clarisse", eu disse, com firmeza, "o meu é Vinícius" e, sem dizer mais palavra alguma, me aproximei dos seus lábios, com a certeza de que seria rejeitado. Não fui. Seus lábios esperavam os meus, entreabertos, molhados, suculentos. Nos beijamos, como manda o figurino, de olhos fechados. Depois de quebrar o gelo, eu queria ver melhor a menina que estava ao meu lado. No meio da pista de dança era muito escuro e meus amigos ficavam passando a mão na minha bunda o tempo inteiro. Fomos para um ambiente mais aberto e começamos a conversar. Minha primeira barreira foi convencê-la de que meu nome não era Vinícius, e isso foi muito mais difícil do que imaginei. Ela ficava me perguntando por que eu tinha trocado de crachá e a resposta "sei lá, só sei que foi assim" não a convenceu. Tirei minha identidade e meu cartão da biblioteca para provar quem, de fato, eu era, e que estava na faculdade. Depois deste primeiro mal-entendido causado por uma brincadeira de dois amigos bêbados, a segunda parte foi assustadora. Comentei que no Intermed estava me sentindo Henry Miller andando por Montparnasse, e, de cara, ela arregalou os olhos e disse em alto e bom som: Amei *Trópico de Câncer*. Meu coração parou.

Meio segundo. Depois mais um. Voltou a bater. Nunca pensei que em uma festa etílica de estudantes de medicina (acho que é a estirpe que menos gosta de literatura do mundo) encontraria uma fã de Henry Miller. Segurei suas bochechas entre minhas mãos e a beijei longamente. Agora sim, palavras eram necessárias. Ela me contou de suas andanças pela Irlanda enquanto lia os *Dublinenses*. Eu falei dos meus passeios solitários em busca do Zahir. A festa continuava ao nosso redor, porém eu queria escutar suas palavras, sentir sua verdade, saber de sua vida, de seus medos, de suas preferências, saber como era sua rotina. Infelizmente a noite não espera por ninguém. E a noite era a única coisa que tínhamos. Do encontro de nossas bocas, passamos ao encontro de nossos corpos. Fugimos da festa em um táxi, providencial, que nos esperava na porta e, com um desespero carnal, pedi para que nos levasse até o motel/hotel mais próximo. Eu a tocava no cabelo, nas orelhas, nas coxas. Ela passava a mão em meu peito, meu pescoço, minha virilha. Quando finalmente chegamos até o destino, não precisávamos mais de palavras. Agarrei-a pelo pescoço e trouxe seus lábios de encontro aos meus. Ela levantou minha camiseta e meu moletom ao mesmo tempo, deixando meu tórax desnudo. Segurei com força em suas nádegas e a levantei enquanto ela passava suas pernas ao meu redor. Fomos deste jeito até a cama e me sentei enquanto tirava sua blusa. Seus mamilos pequenos, escuros, esperavam meus lábios. Ela acariciava minha cabeça e soltava gemidos suaves de prazer, me apertando contra seus seios. Terminamos de nos despir com urgência, e colocamos o preservativo com precisão. Quando ela sentou no meu falo, ambos gememos em uníssono. Deus abençoe o álcool por retardar a ejaculação. Se estivesse sóbrio, teria gozado ali mesmo. Só que não estava. Nem ela. Nossos corpos seguiam sua própria dança enquanto nossas línguas marcavam o ritmo. Foi bom, mas não foi eterno. Justamente por isso, especial. Exaustos, deitamos, ela apoiou a cabeça em meu ombro e dormiu quase instantaneamente. Ainda tentei aproveitar aquele momento olhando para seu rosto adormecido, só que Morfeu é inclemente. Acordamos algumas horas depois sem nenhum arrependimento, só que tínhamos que ir embora logo, estávamos com medo de preocupar nossos amigos. Não houve silêncio constrangedor. Não houve embaraço. Voltamos no táxi abraçados, até chegar o momento de ir cada um para seu alojamento. Nunca mais a vi, por isso foi perfeito. Não conhecemos os segredos obscuros um do outro. Ficamos para sempre naquela penumbra de um amor realizado, nunca continuado. Sempre estará lá, como uma fotografia da vida, uma imagem congelada do que poderia ter sido.

 O "poderia ser" é, e sempre será, mais romântico do que a realidade.

 Confesso que ainda a procurei nos alojamentos, nos jogos, nas festas, graças a Deus, não tive sucesso. O restante do Intermed não passa de um borrão em minha mente obnubilada pelo álcool. Era hora de voltar para casa, voltar para o sexto período, voltar para a faculdade. O restante daquele semestre não trouxe mais nenhuma novidade. A semana de provas finais foi muito mais fácil do que a semana de provas no meio do ano. Fui para casa e aproveitei minhas férias com meus amigos de infância, esperando mais um período de faculdade.

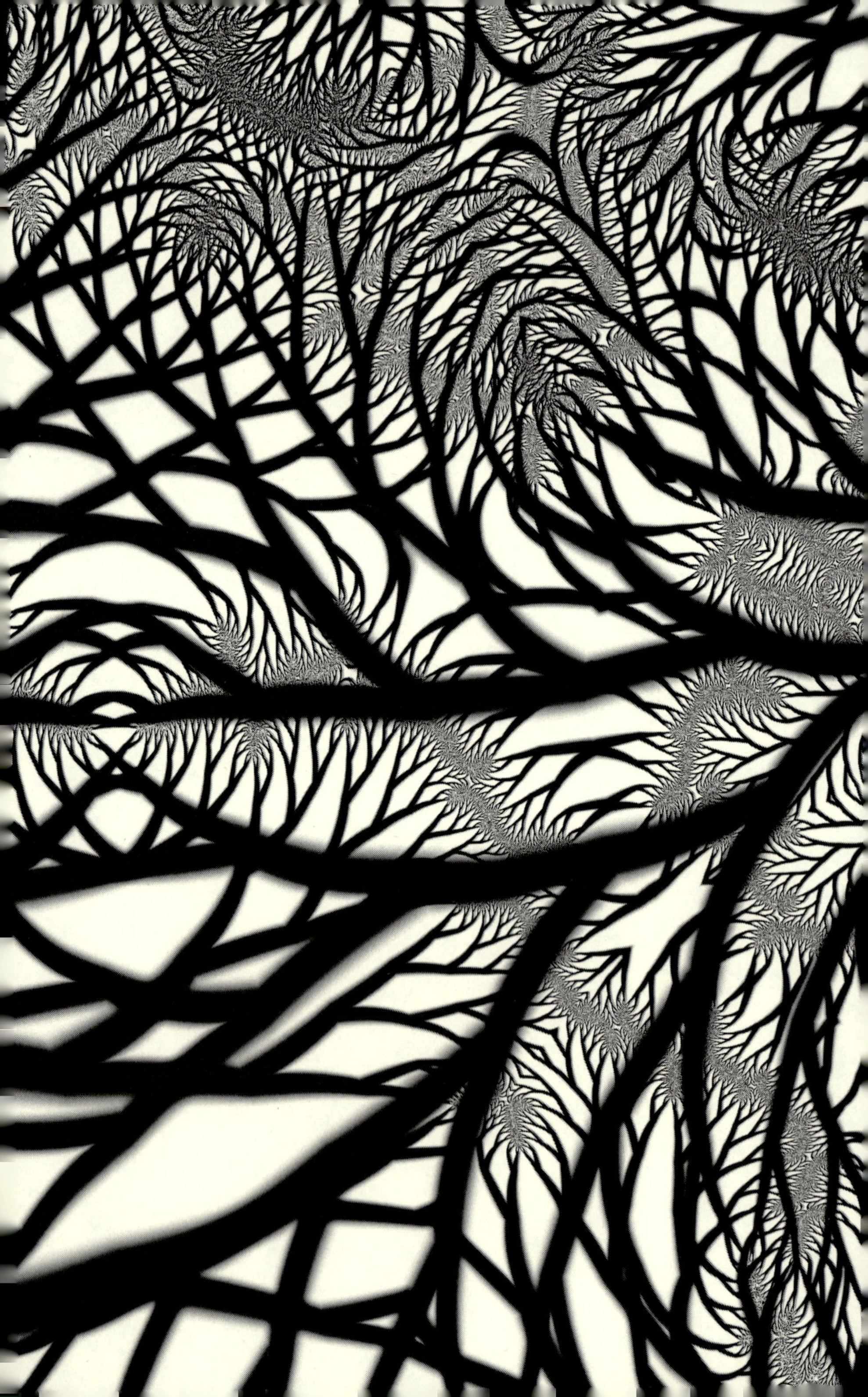

7

Aproveitei o domingo chuvoso que, para mim, significa plantão tranquilo, para reler o que escrevi até agora. Estranho como muita coisa do que escrevi não aconteceu, mesmo assim eu lembro. A linha entre a ficção e realidade se afina, enquanto me perco em meus sonhos e memórias. Stephen King uma vez disse que a ficção é a verdade dentro da mentira. Somente com um pouco de invenção somos capazes de entender melhor a realidade. Nossa compreensão de mundo por si só é fantasiosa, nossas lembranças estão muito mais próximas da ficção do que da realidade. Alice Munro, no prefácio de A *Vista de Castle Rock*, um livro semibiográfico, disse: "Pode-se dizer que tais histórias atentam mais para a verdade de uma vida do que normalmente faz a ficção. Mas eu não seria capaz de jurar." A verdade ou os fatos não são tão importantes quanto os sentimentos ou sensações. Nossa vida mundana precisa de algo que nos faça sentir importantes, maiores que nós mesmos, algum significado para nossas faltas e falhas. O verdadeiro autoconhecimento precisa ser inventado. Fantasiado. Só assim conseguimos chegar um pouco mais perto do verdadeiro, da origem. Deixo a preguiça de lado e pego meu histórico escolar, tentando relembrar um pouco mais de perto a vida na faculdade. Percebi que deixei algumas matérias de fora, outras foram colocadas em períodos errados. Nada disso importa. Respiro fundo e começo o sétimo período.

Aqui começava o fim da faculdade oficialmente, afinal, já tínhamos passado da metade do curso. Algumas matérias só mostram sua real importância depois que começa a vida profissional. Bioestatística é uma delas. Você acha que este tipo de matéria só vai fazer sentido caso queira fazer pesquisas, trabalhar dentro do meio acadêmico, só hoje, quando leio algum artigo, percebo quantos recursos da Bioestatística são necessários para que eu avalie a importância dos dados apresentados. Na época, nós só a víamos como mais uma matéria de matemática. Via de regra, médicos odeiam matemática, apesar de eu, como já disse, não ter muitas dificuldades com números. Tivemos que comprar uma calculadora científica para fazer a matéria, nem lembro quais funções tinha que usar e realmente não sei fazer nenhuma das contas que aprendi na época, mas uso vários dos conceitos e acho que só consegui entendê-los porque, em algum dia de minha vida, soube fazer essas contas. Só que esta não é a história que quero contar. A anedota que trouxe a Bioestatística para minha atenção é mais cômica e talvez um pouco irresponsável. As aulas começavam logo após o almoço, quase todos estávamos com sono, aproveitando a maré alcalina pós-prandial. Neste dia, quando acabaram as aulas, por volta de onze e meia da manhã, alguns amigos foram almoçar em um bar. Estava querendo economizar e fui ao restaurante universitário, passei em casa, depois saí de novo para a aula que começava às duas horas. O bar ficava no meu caminho para o hospital e, quando passei na porta, meus amigos estavam bebendo cerveja. O semestre estava no começo, então todos podiam se dar ao luxo de faltar algumas aulas. Eu parei, conversei um pouco com eles e deduzi que ninguém ia aparecer na aula. Cheguei um pouco atrasado, mas nada que chamasse a atenção do professor. Depois de quase vinte minutos, a porta da sala se abre e um grupo de cerca de oito amigos aparece na porta e entra na sala de mãos dadas, imitando a seleção brasileira. Dava para ver na cara dos garotos que estavam completamente bêbados. Chegaram, assinaram a lista de presença e começaram a fazer barulho, rir, conversar alto, até que o professor teve a decência de colocá-los para fora. Ele pegou a lista para fazer a chamada e dar falta para os meninos que entraram, fizeram bagunça e foram embora, então começou a ler nomes como Walt Disney, Carlos Gardel, Rivaldo. Os retardados tinham assinado um monte de nomes, só para piorar a situação deles. Então ele leu P... e disse "este é falso também", e não era, de fato um dos meus colegas se chama P.... Todos nós achamos que o professor iria automaticamente zerar suas notas e deixá-los de prova final. Não fez isso. Contentou-se em dar falta. Acho que não queria ter que aturá-los mais um ano na turma dele e, depois deste evento, os meninos se acalmaram e tentaram se comportar em sua aula.

Em uma quinta-feira, saímos da aula , fomos para um bar e voltamos cedo para casa. Quando estava esperando o elevador, sentindo os efeitos suaves do álcool me convidando para uma noite de sono reparadora, senti um toque no ombro e me virei. Era Herman. Há muito tempo não conversávamos. Cumprimentei-o com um sorriso e ele me mostrou a capa do filme que tinha alugado, *Gata em Teto de Zinco Quente*, uma obra-prima escrita por Tennessee Williams. Convidou-me até seu apartamento. Aceitei o convite e começamos a ver o filme comendo amendoim e tomando Bourbon. Enquanto eu mergulhava nos olhos violetas de Liz Taylor, o roteiro impressionante do mestre afogava meus sentidos. "Aquela mulher tem vida dentro de si." Depois que acabou o filme estávamos, ambos, mesmerizados. Sem palavras. Nos entreolhamos e brindamos nossos copos com um aceno afirmativo de cabeça enquanto os créditos passavam. Ficamos cerca de cinco minutos em silêncio tentando absorver aquilo que tínhamos visto. Ele voltou o DVD no início e começamos a ver o filme de novo, desta vez conversando. Mais uma vez, ele começou com a velha história de que não existem mulheres no mundo real como a Liz Taylor, que queria alguém com aquele tipo de sensibilidade, nós somos lobos, destinados a viver sozinhos, enquanto o resto da raça humana sorri, eu já meio bêbado e sem muita paciência, disse:

— Lobos vivem em alcateias.

— Como?

— Sua analogia não é muito boa. Os lobos são animais extremamente sociais e vivem em alcateias, então se você se compara a um lobo, deveria viver mais em sociedade.

— Você entendeu o que eu quis dizer.

— Entendi sim, Herman. E a grande verdade é que nós dois somos grandes punheteiros.

— Como assim? — ele disse, mal conseguindo conter a indignação em sua voz.

— Olha, nós gostamos de ler e usamos esta desculpa como um escudo para nossa inadequação social, mas a verdade é que falta coragem. Pegar mulher não é um mistério. Uma mulher não precisa ser literata, sensível, bonita, para ser boa. Nós, que não pegamos ninguém, ficamos usando essa desculpa para ficarmos contentes em casa nos masturbando, mental e fisicamente. Só que, você mesmo sabe, esses delírios intelectuais são meramente uma defesa de nossa autoestima. Cada vez mais, percebo que mulheres não são seres de outro mundo. Estão logo ali na esquina. Basta que crie coragem e comece a conhecê-las. Você tem o lubrificante, Herman — disse, apontando para meu copo de Bourbon — penetre na sociedade.

Ficamos os três, eu, ele e o silêncio desconfortável, olhando para a tela enquanto Paul Newman nos acompanhava no Bourbon, servido em um copo alto. Não tinha clima para ir embora, nem para continuar a conversa. Depois de uns vinte minutos, eu escuto um chiado ao meu lado. Esse chiado começa a virar um sorriso, que logo se transforma em gargalhada. Olho para a direita e vejo Herman em uma crise compulsiva de riso. Sem entender bem o que está acontecendo, abro um sorriso enquanto Herman me olha, faz o clássico gesto da punheta com a mão esquerda e volta a gargalhar. De repente, ele solta a palavra "PUNHETEIRO" e continua rindo, em alto e bom som. Quando consegue se controlar um pouco mais, fala entre risos e sorrisos:

— Sabe, cara, eu fiquei sozinho navegando em minha erudição, sozinho por anos, achando que meu subconsciente era um mistério inefável, aí você, meio bêbado, conseguiu me decifrar. Agora sei como a esfinge se sentiu. Punheteiro. Essa é a grande verdade. Somos ambos punheteiros. Parece que você está conseguindo sair desta vida dominada pela mão, não é mesmo? Eu estava muito perto de mim mesmo para poder ver a verdade. De fato, somos punheteiros. Álcool ajuda mesmo?

— Ajuda demais. Tira um pouco da pressão. Deixa as bordas mais suaves. Parece que o mundo é um pouco menos real. Um pouco menos afiado.

— Você me deu muito em que pensar, viu? Acho que não vou terminar de ver o filme, vou tentar dormir um pouco, fique à vontade.

— Já está na minha hora também. Acho que esse filme ultrapassou um bonde chamado desejo.

— Que isso, para mim não: *You come here with your fancy powders expensive perfumes. I say Ha. I say haha!*

— Clássico, Herman, clássico. Boa noite, desculpe-me se te ofendi.

— Desculpar? Tenho é que te agradecer. Boa noite.

Saí da casa dele sem saber se tinha feito bem ou mal ao pobre Herman. Mais tarde, veria que fiz um bem. No futuro, ele retribuiria.

Naquele semestre, continuamos a atender nos postos de saúde, agora, com um pouco mais de prática, já conseguíamos atender sozinhos aos pacientes. O professor explicava sobre as doenças que víamos, dava algumas perguntas para que respondêssemos na semana seguinte, nada de novidade. Porém, nesse semestre, começavam as aulas práticas de ginecologia. Todos os garotos tinham certa insegurança quanto a essa matéria, insegurança que tentavam disfarçar com um humor pejorativo, mas o fato é, por mais que a maior parte das pessoas ali já tivesse visto o sexo oposto sem roupas, nunca tinha passado por aquela situação. As aulas teóricas não apresentavam desafio, só estávamos apreensivos com as aulas práticas. Atenderíamos as pacientes em grupos de quatro alunos. No meu grupo, éramos quatro homens. Fiquei imaginando qual seria a reação da paciente ao ver quatro homens para examiná-la. É o preço que se paga por usar o SUS, vários professores repetiam, entretanto este mantra não diminuía meu desconforto. Nós, homens, nunca tínhamos visto um espéculo. Nunca precisamos coletar material para fazer o exame preventivo de câncer de colo do útero. As meninas deviam estar mais tranquilas, todas já deviam ter passado por aquilo do outro lado da mesa, mas aquele era um mundo completamente novo para nós. No dia da primeira aula prática, pude ver nos rostos dos meus colegas que estavam constrangidos. Esperamos por cerca de uma hora e meia o professor que ligou avisando que não poderia comparecer na aula. Ficamos aliviados e decepcionados ao mesmo tempo. Na semana seguinte, a mesma tensão, o mesmo estresse. Depois de meia hora, já nos preparávamos para ir embora de novo, quando chega o professor. Ele até foi cordial, mas só cordial o suficiente. Um senhor careca, que exercia a medicina há algumas décadas, e seguia a filosofia de que boa educação serve para festas, não para o trabalho. Não consigo recordar qual a queixa da paciente e não importava, iríamos fazer o exame completo, pois precisávamos de prática. O professor despiu o tórax da paciente e explicou como examinar corretamente a mama, o que tínhamos que notar, qual a técnica correta de palpação, fez com que todos nós palpássemos as mamas da paciente. Depois, pediu para que ela deitasse na cama, fez o exame especular e nos mostrava com cuidado o interior daquela mulher, que não abriu a boca. Terminado o exame, e com ele sua aula, fez a receita da medicação para a paciente, explicou para nós o porquê daquela medicação ser a correta, nos deixou com a frase "descrevam o exame e a conduta no prontuário" e saiu da sala. Depois que ele saiu, a mulher, com um sorriso sem graça, disse que agora teria que fazer uma plástica, porque o professor havia falado que suas mamas eram assimétricas. Nenhum de nós disse nada. Sorri para a senhora que, com seus quarenta anos, voltava para casa com a receita correta para sua doença, porém com muita insegurança na bagagem, enquanto eu e meus amigos nos deparávamos com uma dificuldade: descrever o exame. Não conseguíamos nos lembrar das palavras corretas a ser usadas para descrever as paredes vaginais, as mamas, o colo do útero. Fizemos nosso melhor, assinamos o nome do professor, e saímos senhores da situação. Na próxima aula, ele não disse nada de nossa descrição do exame, então presumo que não tenhamos feito nada muito errado. Nas aulas seguintes, já sabíamos o que esperar, por isso, algum de nós sempre tentava conversar com a paciente, explicar o que estávamos fazendo, uma tentativa de diminuir a tensão. O professor continuava com seu exame rústico e suas explicações diretas. Nós quatro nos saímos muito bem, tanto nas provas teóricas quanto práticas. O cara sabia do que estava falando.

Outra matéria interessante era Organização de Sistemas e Serviços de Saúde. Era uma matéria que tentava nos ensinar um pouco das práticas de saúde pública e como funcionava o sistema de saúde brasileiro. Os professores passavam a maior parte do tempo discutindo política, ambos tinham parado de clinicar e trabalhavam exclusivamente com ensino. Acho que o fato de não vivenciarem mais a realidade da saúde do Brasil pode ter atrapalhado um pouco suas aulas, só vejo isso agora. Ninguém dava muita importância a essa matéria, só que nenhum de nós sabia que, nas provas de residência, aproximadamente vinte por cento das questões eram sobre ela.

A maior parte das aulas era teórica, ou seja, sem muitas novidades. Entretanto, no trabalho final, os professores dividiam a turma em grupos e sorteavam alguns bairros para os grupos. Então, tínhamos que fazer entrevistas com os moradores, avaliar quais eram as condições sanitárias, identificando tipo de esgoto, terrenos baldios, unidades de saúde. Um extremo pé no saco. Lembro que fomos até o lugar, contamos algumas coisas, inventamos outras, e nos dividimos para entrevistar os moradores. Perguntar o que achavam do bairro, o que poderia melhorar, quais as principais dificuldades. Nos identificávamos como estudantes e começávamos nosso questionário. A maior parte das pessoas era muito solícita, entretanto quase todas perguntavam: "O que vocês vão fazer com isso? Vai chegar a alguém que pode resolver?" Confesso que falei que sim, que ia levar para a prefeitura. Para que destruir a ilusão de um morador? Aquilo me incomodou. Nós ficávamos importunando o pessoal em suas próprias casas, com o intuito de fazer um trabalho de faculdade inútil e que não daria nenhum retorno à comunidade. A velha desculpa de "esse é o preço que se paga por usar o SUS" não colava, eles não estavam usando o sistema de saúde, estavam simplesmente existindo em suas residências, enquanto nós os abordávamos. Entrevistei umas quatro casas, inventei outras entrevistas, finalizamos o trabalho. No dia da entrega, comentei meu incômodo com o professor, expliquei que as pessoas precisavam saber que suas queixas chegariam a algum lugar. Ele, politicamente, disse que já tinha falado com uma pessoa na prefeitura e que nossos trabalhos seriam entregues para que a secretaria de saúde pudesse formular melhor suas políticas de saúde. O filho da puta fez comigo o mesmo que fiz com os moradores. Mentiu para me fazer sentir melhor. Mentirosos. Nós dois.

O sétimo período passava. Depois do Intermed, comecei a entender um pouco melhor as mulheres. Pelo menos um pouco melhor a arte da sedução. Mentira. Sedução de cu é rola. A quem eu quero enganar? Comecei a entender um pouco melhor a arte da pegação. As mulheres querem pegar tanto quanto os homens, você só precisa ser o homem certo. Agora eu sabia o que fazer para ser esse homem. Aprendi uma cantada que funcionava na maior parte das vezes. Depois de algum tempo de conversa, falava para a garota: "Você não é de Curitiba, certo?" Errar ou acertar não importa. Eu tinha a resposta pronta para qualquer uma das hipóteses. Caso ela falasse "nossa, como você sabe?", eu respondia que uma mulher tão gentil não podia ser de Curitiba, se ela respondesse "sou sim, por quê?", a resposta era que ela era tão gente boa que nem parecia ser da capital paranaense. A fama de povo mal-educado dos curitibanos (que honestamente não acredito que mereçam) funcionava a meu favor, sempre.

No meio do sétimo período, descobri que, no cinema do Shopping Crystal, algumas vezes passavam filmes não americanos, ao contrário dos outros shoppings. O defeito era a distância. Para chegar até lá, a pé demorava cerca de 45 minutos e tinha que ver o filme meio suado. Ainda assim, eu achava melhor caminhar do que pegar ônibus, ou táxi. O primeiro era desconfortável (garotinho mimado, lembram?), o segundo, muito caro. Tinha olhado a programação e ia passar um filme japonês, *Ninguém pode Saber*. Não lembro onde ou por quê, mas já tinha ouvido falar desse filme e estava interessado, acho que tinha visto algum *trailer*. O único cinema que estava passando era no Shopping Crystal, começava no final da tarde. Uma hora antes do filme começar, parti na minha caminhada. Não existia toda essa facilidade de GPS que existe hoje, olhei mais ou menos em um mapa de turismo a direção certa e fui pelo caminho mais simples que, apesar de não ser o mais perto, sabia que não ia errar. Nunca fui muito bom com caminhos, até hoje me perco com alguma frequência, mesmo com a ajuda de *smartphones*. Cheguei ao cinema com cerca de dez minutos de antecedência, comprei o ingresso e vi o filme, só eu e mais umas dez pessoas na sala. A história era pesada. Falava sobre quatro irmãos vivendo sozinhos, em um apartamento, a mãe havia deixado algum dinheiro e os abandonado. O irmão mais velho fazia o melhor para cuidar das crianças, porém ele era uma criança. Totalmente incapaz. A pior parte do filme é que havia sido inspirado em uma história real. Por mais que já tenhamos ouvido inúmeras vezes os mais diversos atos de crueldade que o ser humano é capaz, algumas histórias nos chocam. *Spoiler alert*: vou contar o final do filme. Quem não quiser saber, pule esta parte. Eram quatro irmãos, a mãe algumas vezes carregava os filhos para dentro dos apartamentos em malas. A irmã mais nova sobe em cima de um banco, cai e morre no final do filme. Os garotos, sem saber o que fazer, a colocam dentro de sua mala e a enterram em um gramado próximo ao aeroporto. Aquilo foi foda. Saí do cinema já estava de noite, algumas nuvens carregadas começavam a se formar no céu. Nada mais adequado. Não queria voltar para casa naquela hora, precisava respirar um pouco de ar puro depois de ser enterrado junto com a garotinha naquela mala. Comecei a andar a esmo pelo Batel, andava algumas quadras, virava à direita, virava à esquerda, sem rumo. Caminhava por aquele bairro abastado de Curitiba, com seus prédios de luxo e casas suntuosas me oprimindo para dentro de mim mesmo. Começou a chover. Quando estava no segundo grau, eu e um amigo de infância estávamos voltando para casa depois de um jogo de basquete, que tínhamos perdido, subitamente começou uma forte chuva goiana, nós não nos importamos com a água, voltamos para casa sem nos esconder debaixo de marquises, a chuva levou nosso mal-humor embora e quando nos despedimos estávamos sorrindo. Em Curitiba, a chuva não é amigável. É fria. Gelada. Pensei em fazer a mesma coisa, mas quando senti a água fria atravessando minha roupa, decidi correr até a marquise de uma praça próxima. Comecei a esfregar os braços na tentativa de me aquecer um pouco, enquanto a chuva engrossava. Olhei para cima e vi que aquilo, na verdade, não era uma marquise, e sim uma espécie de portal, com uma arquitetura oriental. Olhei para frente e vi uma casa que me lembrava uma das antigas mansões dos senhores feudais japoneses, com seus pilares de madeira vermelha e três camadas de telhados levemente curvados para fora. Perto, um pequeno espelho d'água com peixes (carpas, obviamente) alaranjados nadando. Na chuva e no escuro, só conseguia ver os contornos pisciformes com os olhos da imaginação. Na beira do laguinho, uma estátua dourada de Buda. Fugindo de mim, tinha chegado a um dos pontos turísticos de Curitiba. A Praça do Japão.

Já tinha ouvido falar do lugar antes mas, como ficava longe de casa, acabei nunca animando a visitá-la. Estava admirando a praça, sob a pesada chuva, quando escutei uma voz ao meu lado dizendo:

— Que chuva, hein?

Um senhor japonês, com um leve sotaque, cabelos pretos e vestindo um terno cinza, lançava-me um olhar amigável enquanto acendia um cigarro, parecia ter cerca de cinquenta anos e os cabelos de sua fronte começavam a ralear. Engraçado, ele não parecia estar molhado. Sorri cordialmente e respondi.

— Pesada.

— Gosto daqui. Não venho com a frequência que deveria. Esta praça é onde os demônios vêm para se esconder da maldade humana.

Aquela frase pareceu traduzir exatamente meu estado de espírito. Queria somente uma trégua da maldade humana. Sorrindo, olhei para ele e disse:

— Sei do que está falando.

Ele sorriu de volta e me ofereceu um cigarro. Não sei por quê, aceitei. Ele me ajudou com a proteção do vento na hora de acender. A nicotina entrava nos meus pulmões e parecia me aquecer de dentro para fora. Ficamos, por duas tragadas, só olhando a chuva quando uma ideia coçou meu cérebro e perguntei:

— Você também é um demônio?

— Sou o pior tipo de demônio.

— Ah é? Qual o pior tipo de demônio?

— Aquele que te faz sentir medíocre.

— Um brinde a isso então — disse, levantando meu cigarro. Virei para o lado e olhei para a estátua de Buda, enquanto dava mais uma tragada. Já começava a me sentir um pouco melhor e a chuva forte havia se transformado numa leve garoa, agora conseguiria chegar em casa sem ficar completamente ensopado. Virei para o lado para perguntar o nome do meu companheiro, só que ele não estava mais lá. Não o ouvi chegar, não o ouvi sair. Olhei para a brasa do meu cigarro, estava acesa. Traguei de novo, senti a nicotina entrar nos meus pulmões e a ponta do cigarro ficar mais vermelha. Era real. Apaguei-a com a sola do sapato e segui caminho até minha casa, com as mãos no bolso, levando comigo uma fração da paz encontrada na chuva, sob o olhar do Buda.

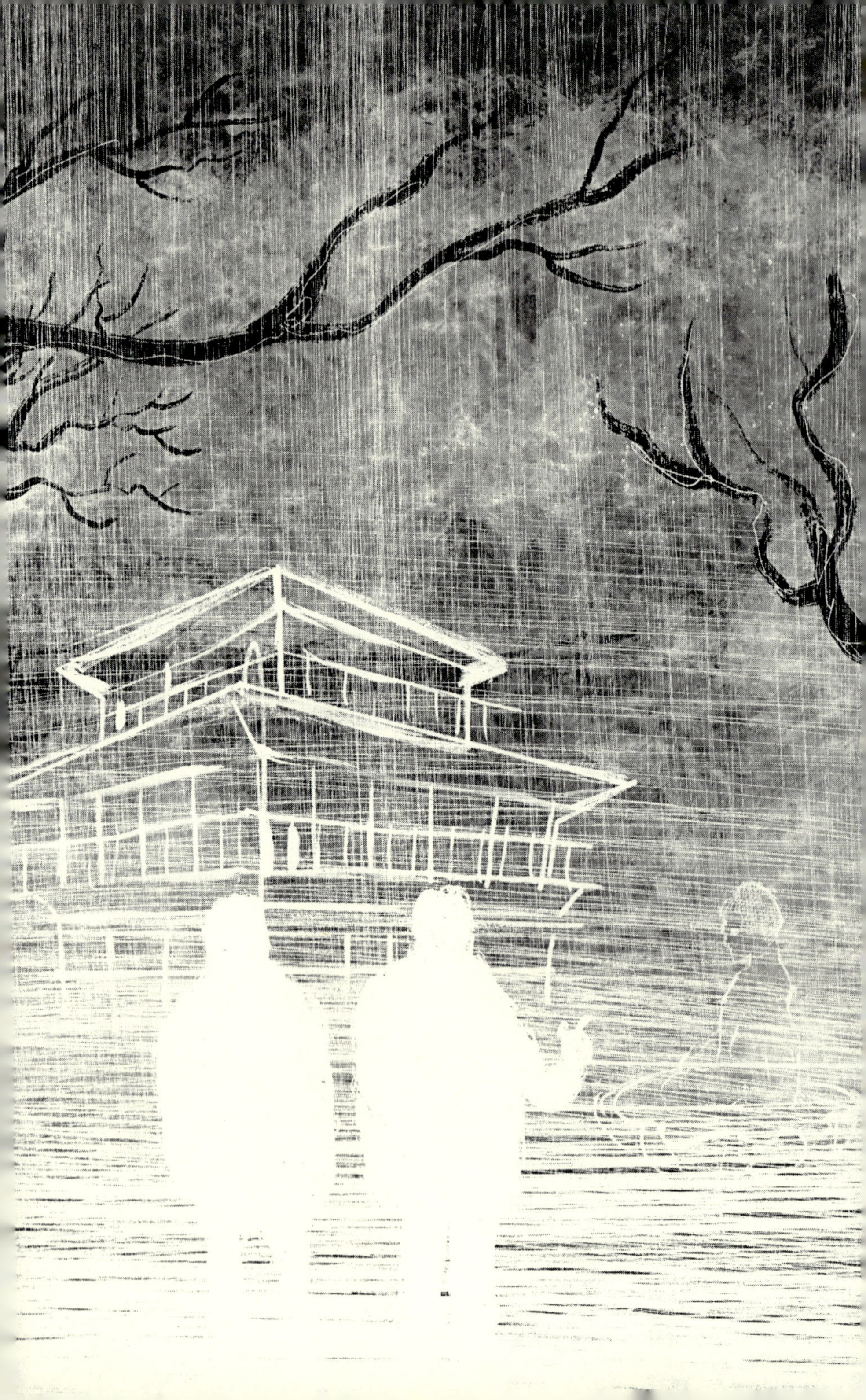

8

À medida que a faculdade caminhava para o final, a preocupação com o que faríamos quando saíssemos das asas da UFPR aumentava, e as primeiras ideias sobre as especialidades que seguiríamos começavam a aparecer. Uma colega de faculdade chegou logo no primeiro período dizendo que queria ser cirurgiã cardíaca pediátrica. Não acho que tenha feito isso. Eu não tinha a menor ideia do que queria fazer, porém agora descobria que precisaria fazer uma prova de residência caso quisesse fazer uma especialidade. Já compartilhei aqui minha aversão a provas, odeio qualquer método seletivo, não gosto da tensão, do estudo, da preparação. Infelizmente, isso faz parte da vida, então não tinha como escapar. Para algumas especialidades, só era necessária uma prova, como otorrinolaringologia, ginecologia, radiologia. Outras, como endocrinologia, urologia, cardiologia, você precisava fazer uma prova para uma área mais abrangente, como clínica médica ou cirurgia, fazer dois anos de residência, e só então fazer a prova para a área específica que de fato queria fazer. A tensão, o estudo, a preparação seriam multiplicados por dois. Por isso, quando minha professora do oitavo período de gastroenterologia perguntou o que eu queria fazer de especialidade respondi, sem muitas dúvidas, que queria qualquer especialidade que só exigisse uma prova de residência. Obviamente ela deu um sermão, disse que precisávamos escolher o nosso chamado, etc., etc., etc. Baboseira. Eu não queria mais fazer prova, já que ia ter que fazer de todo jeito, melhor só uma do que duas. Isso restringia as opções, apesar de ainda deixar muitas possibilidades. Por isso, no oitavo período, comecei a fazer um estágio de otorrino e uma matéria optativa de radiologia. O estágio de otorrino começou interessante, atendíamos rinite alérgica, sinusite, retirávamos cera do ouvido com uma seringa. Lembro que atendi um garoto com síndrome de Down. Tivemos que lavar o ouvido dele (o que é extremamente incômodo), porém o menino ficou surpreendentemente quieto. A mãe nos agradeceu, nos despedimos, me virei para sair do consultório, ele veio e me deu um abraço. Fiquei comovido. Menino gente boa. Parecia ter me encontrado. Até que, em uma das aulas do estágio, o professor resolveu mostrar os vídeos das cirurgias que faziam. Cirurgias otológicas (no ouvido) eram feitas com a ajuda de microscópio, algo extremamente delicado e preciso. As cirurgias para retirada de amígdalas eram mais tranquilas, porém ainda assim o campo de visão era restrito. Quando eu não conseguia passar um fio através de um alfinete, ou fazer qualquer coisa um pouco mais simples, que requeria alguma destreza, minhas costas começavam a suar, até que eu ficava extremamente nervoso, desistia e quebrava algum objeto. Fiquei me imaginando tendo algum problema em um procedimento tão delicado, e só este pensamento já gerou sudorese lombar. Achei melhor desistir da otorrino.

As aulas de radiologia eram bem parecidas com o futuro de um médico radiologista e parecia maravilhoso. Ficávamos sentados em uma sala com ar condicionado, olhando para imagens. O mínimo de contato humano, consequentemente, pouco estresse. Para mim, só tinha um problema. Eu não conseguia ver as malditas doenças. A não ser quando era um tumor gigante ou um sangramento maciço, os exames me pareciam normais, até que o professor apontava alterações sutis, que vários dos colegas viam, menos eu. Então, apesar do futuro de radiologista me parecer ótimo, acabei descartando mais uma especialidade. Ainda não sabia o que queria fazer, mas, como disse inicialmente, somente as primeiras ideias de especialidades surgiam, não existia uma urgência para a decisão. Continuei o curso com a certeza de que a especialidade mais adequada surgiria em meu caminho. O tempo não me mostraria enganado.

Esporadicamente, fazia a feira em meu ciclo de sebos e terminava minha volta pela cidade na loja de quadrinhos. Em um dos dias que fiz esta ronda, passei pelo shopping para comer alguma coisa e vi que as sessões entre meio-dia e duas horas tinham o mesmo preço das quartas-feiras. Uma maravilha. Optei por ver um filme do Aronofsky, *Fonte da Vida*. O enredo era uma completa viagem, com partes em que um neurocientista buscava a cura do câncer para a esposa, partes em que um conquistador espanhol buscava a fonte da vida eterna e uma parte, quase que um sonho, em que um homem ficava junto a uma árvore morta, uma discussão interessante sobre vida, morte e trabalho. Muitos amigos que viram esse filme não gostaram.

Eu fiquei maravilhado. O enredo não linear envolvia sua mente em um intrincado jogo de ilusão e desilusão fazendo a história fluir em ondas desconexas, que faziam sentido somente quando juntas no oceano. Saí da sala de cinema sentindo uma inquietação. Naquela época, não sabia explicar o que estava sentindo. Ao mesmo tempo que era uma sensação boa, era desconcertante. Via o céu azul daquela tarde de sábado, tentava encontrar naquele azul profundo uma explicação para o sentimento despertado por aquele filme. Passei o dia todo desfrutando uma calma sensação de plenitude inquieta e, quando deitei para dormir, tive a ideia para um texto. Estranho que, durante minha preparação para o vestibular, tive muitas dificuldades com redação. Minha mãe, por ser professora de língua portuguesa, me ajudou muito. Enquanto meus colegas faziam uma redação por semana, eu fazia duas. Acabei conseguindo tirar boas notas para a prova do vestibular, mas desde então não tinha escrito mais nada, sequer havia cogitado a carreira de escritor. Agora, depois de ter passado o dia todo com uma inquietação em meu peito, consegui descobrir o que era aquela sensação. Era minha vontade de produzir. Havia despertado em mim uma vontade incontrolável de escrever. Levantei, peguei um caderno, escrevi um texto curto e fiquei satisfeito com o resultado. Chama-se *Sobre Homens e Rios*:

"Nunca se entra duas vezes no mesmo rio. Será que ninguém nunca pensou que um rio é muito mais do que a água? O rio é um acontecimento, é a vegetação das margens, o fundo, lodoso, arenoso, pedregoso, é a correnteza que vem serpenteando pela terra carregando pedras, peixes e homens. Se o rio fosse somente água, então nunca nadaríamos em um rio diferente, seria sempre o mesmo rio que subiria aos céus pelos braços do sol, levado na carruagem do vento, e voltaria com a benção da chuva. Mas os rios não são só a água que está neles. Os rios são bem mais do que água. O rio deixa a água caminhar pelo seu canal, assim como os trilhos permitem que o trem passeie por eles. Essa mania humana de pensar em dinamicidade, que tudo muda o tempo todo, é que levou a essa frase, uma invenção para enganar o homem, para tirá-lo de sua existência vazia, para nos fazer acreditar que temos alguma relevância na engrenagem universal, para pensarmos que somos diferentes de nossos ancestrais, para nos iludirmos com um amadurecimento da raça humana. Se a cada instante estamos mudando como indivíduos, essas mesmas mudanças já ocorreram em pessoas que viveram anteriormente. Estamos sempre tendo os mesmos sentimentos: ódio, amor, raiva, dor. Tanto avanço tecnológico que serve somente para fazermos as mesmas coisas que fazíamos há milênios. E talvez essa seja a beleza da vida, o ciclo da vida (porque essa frase é a frase mais precisa já dita: ciclo da vida), estamos sempre repetindo feitos já realizados. Mas o que precisamos pensar não é a verdade óbvia dita anteriormente, precisamos pensar que cada sentimento que temos, cada coisa que fazemos, tem um significado especial para o indivíduo, porque mesmo que todas as realizações já tenham sido feitas por outros, não tinha acontecido conosco, outra pessoa, outros genes; outra sequência de pares e bases havia feito, e talvez, não uma certeza, mas talvez, só talvez (aquele talvez que nos conforta, quando vemos o rio e escutamos o burburinho da água, aquela água que está sempre fluindo em sua existência fluida, na fluidez que faz com que porções diferentes de água nos molhem os pés a cada instante, o talvez acolhedor) possamos fazer a diferença, e um dia, quando o talvez se tornar uma certeza (um desejo para se segurar), poderemos viver uma vida que não seja tão vazia."

Eu ainda gosto desse texto. Minha mãe até hoje diz que é a melhor coisa que já escrevi (o que é frustrante, porque depois escrevi muito e não melhorar é triste), coisa de que discordo, porém esse foi um texto inspirado. Depois desse dia, sentia ocasionalmente algumas lufadas de inspiração e escrevia. Sempre textos curtos que conseguia escrever em um folego só. Ainda não havia aprendido que a arte é muito mais transpiração do que inspiração. Escrevia muito pouco, somente quando sentia aquela inquietação me dominar. Talvez este seja o jeito certo de escrever, porém, se eu escrever somente quando estou inspirado, acho que não escrevo nem dez mil palavras em uma vida. Mas isso é hoje. Na época, eu estava satisfeito em escrever pontualmente textos curtos e me achando, novamente, um gênio sensível e incompreendido.

Naquele semestre, teríamos outro Intermed. Desta vez, estava ainda mais animado do que no último. Tinha esperança de encontrar Clarisse novamente. Nós compramos um monte de cervejas e um balde de lixo que encheríamos de gelo, era mais barato do que uma caixa de isopor. Estávamos animados e começamos a beber à tarde, o ônibus só sairia a noite. A viagem não seria tão longa quanto a primeira, em menos de cinco horas chegaríamos ao destino. No caminho, paramos em um posto. Saíram seis ônibus da universidade e o pessoal insistia em andar de comboio, por isso, as paradas eram muito longas. Descemos para ir ao banheiro, talvez comer alguma coisa. Eu e um amigo voltamos para o ônibus com o objetivo de pegar mais uma gelada. Fomos até o fundo, onde estava nosso latão de lixo com cerveja, e vimos pela janela um casal de jovens "conversando" atrás do ônibus. Como estávamos em clima de festa e vimos que eles também vestiam a camiseta da nossa faculdade, meu amigo fez uma brincadeira e perguntou "é namoro ou amizade?". Surpreendentemente, o rapaz ficou irritado. Não lembro exatamente o que ele falou, só recordo de sua mão batendo na lateral do nosso ônibus, nos incitando para o combate. Aquilo foi demais. Nós descemos do ônibus enfurecidos e fomos tirar satisfação com o garoto. Ele achou que ia ser só uma briga de xingamentos, mas, quando ele começou a falar mais grosso, meu amigo acertou um soco em sua testa que fez com que desequilibrasse e caísse no chão. Esse foi o único soco que conectou em toda a briga. Logo que ele caiu, um grupo de colegas da sala dele chegou e começou a gritar, outros diziam querer entrar na briga. Na verdade, a maior parte só disparava socos no ar, sem a menor intenção de acertar. Era só uma disputa de pavões. A trupe acabou se separando, acreditamos que nenhum dano maior tinha acontecido, até o dia seguinte, quando descobrimos que o moleque, ao se apoiar no chão quando caiu, acabou quebrando a mão. A história que saiu foi que o tínhamos espancado e quebrado seu braço de propósito. Achei impressionante como as coisas têm uma capacidade de se multiplicar na famosa tradição oral. Ele disse que iria processar todo mundo, que iríamos para a cadeia, que iria pegar um por um depois. Balela. Até hoje estou aguardando a vingança. Engraçado que, nem se quisesse, poderia citar o nome do guri. Não tenho a menor ideia de qual seja.

Quando estávamos indo para uma das festas do Intermed, vi um grupo de pessoas da faculdade de Clarisse. Fui até lá e comecei a conversar com uma menina, disse que havia ficado com uma garota de sua faculdade e perguntei se ela a conhecia. Para minha surpresa, sim, elas não só se conheciam como eram muito amigas, por isso ela sabia que Clarisse não fora ao Intermed porque estava namorando. Fiquei um pouco decepcionado, mas hoje vejo que foi melhor assim. Era melhor que aquela fotografia mental ficasse intacta, imaculada pela realidade. Aproveitamos as festas, as bebedeiras, não assisti a nenhum dos jogos, não fiquei com nenhuma menina. Não voltaria mais ao Intermed e meu destino não se cruzaria com o de Clarisse novamente.

No oitavo período, continuávamos atendendo ginecologia, porém os exames eram um pouco mais fáceis. Já estávamos um pouco mais habituados. Nesse período, as aulas práticas de ginecologia seriam em unidades de atenção básica, não no hospital. Era melhor, porque tínhamos uma noção melhor da vida real da população. Os pacientes que chegam até o hospital de clínicas já passaram por diversos serviços de saúde, estão com problemas mais graves e precisam de um serviço especializado, o que não representa a maior parte da população. Quando íamos para a saúde básica, víamos a vida do povo. Era bom ter conhecimento especializado, mas é fundamental ver que a maior parte das doenças é facilmente resolvida. Quando íamos para a saúde básica, conseguíamos ver que éramos capazes, sim, de ser médicos. Em um dos atendimentos, foi uma mulher muito bonita queixando-se de um nódulo no seio. Eu que a atendi e, obviamente, tive que examinar sua mama, com a supervisão do professor. Ela se despiu e, apesar de ter os seios muito bonitos, não tinha conotação sexual alguma. Nunca imaginei que esta dissociação fosse tão proeminente. Naquela situação de médico-paciente, uma pessoa tem que ser muito doente mentalmente para sentir qualquer atração física e sequer cogitar quebrar o decoro. Examinei a mama da mulher. Na verdade, ela não tinha nenhum nódulo, estava ansiosa porque a mãe havia sido diagnosticada com câncer de mama. Liberamos a paciente, que ficou muito mais tranquila com o diagnóstico. Desde esse dia, os exames ginecológicos foram muito mais fáceis para mim.

No oitavo período, começaram as aulas de pediatria. Muita gente ficou animada com a possibilidade de atender crianças, eu não sabia o que esperar. Nunca tive primos ou irmãos muito menores e não era muito afeito a ficar brincando com crianças. Achava levemente ridículo as pessoas que, quando viam uma criança, ficavam fazendo vozes ou disputando a atenção do pimpolho. Fui para a pediatria sem muitas expectativas. Começaríamos na puericultura, só atendendo crianças saudáveis, em sua maioria recém-nascidos. Os garotinhos pareciam estar prestes a se quebrar a qualquer momento, ficava morrendo de medo de deixá-los cair. Em toda consulta, tínhamos que despir a criança, então sempre tinha choro e ranger de dentes. Aquele timbre agudo de um choro pode deixar qualquer um insano. Não sei como as mães e pais aguentam. Pelo menos, quando atendíamos recém-nascidos, existia uma rotina fácil de ser seguida, despíamos a criança, testávamos seus reflexos, pesávamos, medíamos e perguntávamos se tinha alguma coisa anormal. Nada muito difícil. Na terceira criança, já conseguíamos fazer tudo praticamente sozinhos, sem muito problema. O que me deixava com raiva era quando ia uma criança um pouco maior e alguma colega minha começava a falar "nossa que menino inteligente", "quem é a princesinha da tia", ou "nossa, ela é muito esperta". Aquilo me incomodava profundamente. Se o filho de todo mundo é bonito, inteligente e especial, de onde saem todos os adultos normais? Crianças são só crianças. Em sua maioria, chatas. Então, quando eu era o responsável pelo atendimento, tudo era simples e rápido, sem esquecer nada, sem nenhuma firula. Agora, quando minha colega de aula prática tinha que atender, podia esperar que ia demorar. Éramos obrigados a atender em dupla, não havia sala suficiente para todos. Por isso, enquanto um atendia, o outro escrevia e vice e versa. Queria poder atender a todos para acabar mais cedo e dar o fora dali o mais rápido possível, só que não podia. Então, era obrigado a escutar os beijinhos enviados para os meninos que não respondiam, as vozes ridículas, as tentativas patéticas de comunicação.

Além disso, tínhamos que memorizar um gigantesco calendário de vacinação (que atualmente só aumentou), tarefa que eu pensei que seria difícil, mas como perguntávamos sempre para as mães sobre as vacinas acabou sendo fácil. Os nomes de todos os reflexos foram fáceis de memorizar pela prática. Reconheço que, apesar de não gostar de crianças, a pediatria foi um mal necessário. Uma coisa que me marcou foi um dia, quando estava sentado esperando meus amigos para fazer alguma coisa em algum canto do hospital, escutei dois pediatras conversando. Um deles trabalhava com UTI, e soltou a seguinte frase: "Criança boa é criança entubada." Comecei a rir alto, ainda bem que eles não perceberam. O cara já devia estar com o saco muito cheio do choro de crianças para soltar uma frase dessas.

Quem ficou meio sumido neste período foi Herman. Mal esbarrava com ele no elevador e tínhamos diminuído nossas seções de cinema. Parecia que estava sempre ocupado, ou apressado. Achei que, depois do que eu falara, ele tinha ficado chateado e evitava minha companhia. Mal sabia eu que aquelas palavras outrora ditas, de fato, tinham mudado sua vida.

O oitavo período parece uma sombra escondida nos cantos de minha memória. Engraçado como temos alguns marcos que deixam bem claro em que período cronológico estamos, porém só fui capaz de saber que algumas coisas aconteceram, de fato no oitavo período, porque chequei meu histórico escolar. E mesmo assim misturei algumas delas. Estranho como algumas pessoas estão dispostas a arriscar muito com a frase "tenho certeza que foi assim, eu me lembro", sendo que a coisa mais disposta a nos pregar peças é nossa própria memória. Engraçado como meu "eu" de minha memória é diferente de meu "eu" daquela época. O Adriano da faculdade não tinha dado nenhum plantão sozinho, não tinha sentido a insegurança de ver a vida deixar os olhos de uma pessoa, não tinha lido Jorge Luís Borges ou James Joyce, mas ainda assim meu "eu" que vive nas minhas memórias de faculdade sabe de todas estas coisas, porque, como eu disse, memórias não são confiáveis, elas não ficam onde você as deixa, as memórias passeiam pelos cantos de nossa mente descobrindo o que tentamos deixar escondido, lembrando o que tentamos esquecer. Meu eu que frequenta a faculdade de minha memória é um safado traiçoeiro, que me faz escrever coisas que não fiz, viver coisas que gostaria de ter vivido, e lembrar do que gostaria de esquecer. Não sou a mesma pessoa que era, mesmo que parte daquela pessoa ainda viva dentro de mim. Invento minha própria vida, por medo de ter que lidar com a dura realidade de que o ninguém que escreve quer ser alguém, enquanto narrador, enquanto contador de histórias, enquanto escritor. Deixo minha insegurança tomar conta do teclado enquanto ejaculo palavras desconexas, torcendo para que alguém as leia ou algum editor as edite. Seguro o choro. E vou para o nono período.

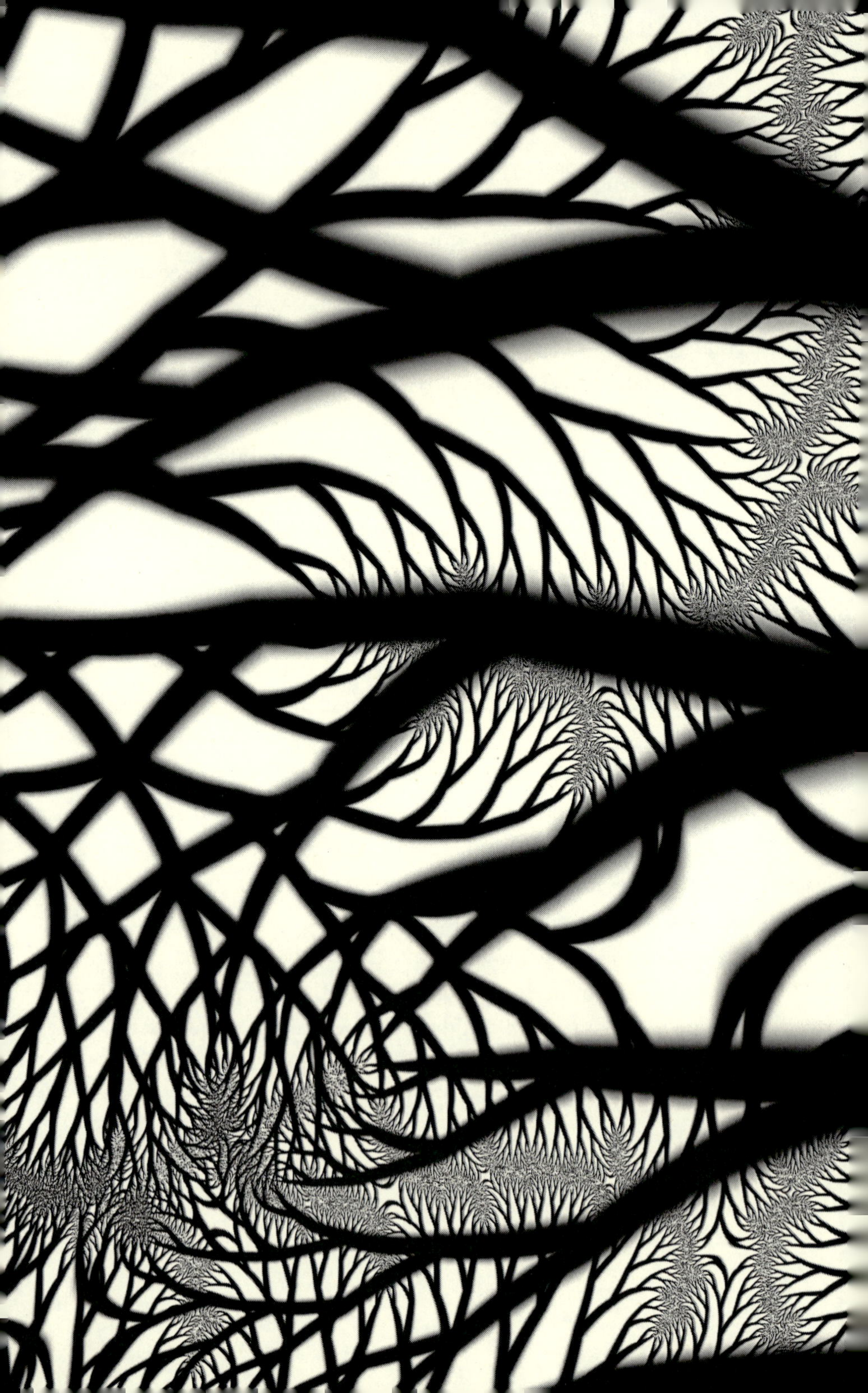

9

Eu considero três épocas de minha vida meus momentos áureos. O terceiro ano de colegial. Tive vários amigos de infância, que duram até hoje, e, no "terceirão", morávamos todos na mesma cidade. Apesar de toda a tensão do vestibular, podíamos sempre contar uns com os outros, jogávamos basquete todos os dias, em quase todos os fins de semana estávamos juntos, uma cumplicidade que nenhum dinheiro no mundo compra. Apesar de ainda hoje sermos amigos, aquele tempo em que vivíamos grudados deixou saudades. Outra fase muito boa foi logo após a formatura. Consegui um bom emprego, não trabalhava tanto, adquiri independência financeira, não tinha tantas responsabilidades ou preocupações, reencontrei velhos amigos, fiz novas amizades, além de ter conhecido minha esposa. E teve o nono período de faculdade.

O nono semestre era o último antes do internato. Durante a faculdade, depois do choque inicial, você acaba se adaptando à rotina de provas, aulas, aulas práticas, as coisas deixam de ser novidade. Você sabe exatamente o que precisa estudar, quanto precisa estudar e quando pode relaxar. Os últimos três períodos de faculdade são de internato, temos que viver uma vida mais próxima da vida de médicos, com plantões, atendimentos, ou seja, um pouco mais de responsabilidade. Somado a isso, teríamos o estresse pré-prova de residência e a decisão de qual especialidade seguir, ou seja, o internato seria um momento de muita pressão e mudança. Por isso, decidi que, durante o nono período, não iria me preocupar com nada. Foi um dos raros momentos em que consegui deixar o "depois" de fato para depois. Teria que prestar prova, teria que decidir qual especialidade fazer, teria que começar o internato, teria que estudar mais, mas só dali a seis meses. Agora era o nono período. O mais fácil da faculdade. Era só aproveitar.

Não usei nenhum dos feriados do nono período para ir até minha cidade. Antes, quando aparecia algum feriado, ficava louco para voltar para casa, ver meus velhos amigos, minha família. Agora queria festa. Eu e meus colegas de sala saíamos quase todos os finais de semana. Cada dia um bar diferente, uma balada diferente, uma mulher diferente. Quinta, sexta, sábado e domingo aproveitávamos para explorar a noite curitibana. Além disso, tínhamos encontrado uma maneira muito barata de nos embebedar. Usávamos conhaque nacional com refrigerante. Nos n encontrávamos na casa de alguém, ficávamos jogando videogame e bebendo, para depois sair dirigindo para alguma festa. Alguns sinais foram furados. Alguns freios de mão foram puxados e alguns pneus, queimados. Vivíamos rápido, mas torcíamos para não morrer jovens e deixar cadáveres bonitos. Lembro-me de um domingo em que nos reunimos em uma república. Começamos a beber enquanto um de nós fazia uma panela de brigadonha (brigadeiro com maconha).

Cada um comeu só uma colher — o cozinheiro disse que seu preparo tinha ficado forte —, depois guardamos o resto na geladeira para outro dia. Depois de muito riso e filosofia, desistimos de ir para a balada e fomos direto ao costelão (maldita larica) para em seguida irmos para casa. O pessoal da república tinha uma mulher que fazia a limpeza uma vez por semana, sempre na segunda-feira. No dia seguinte, o cozinheiro do brigadeiro nos perguntou se alguém tinha comido o resto que guardara na geladeira. Todos nós negamos e ninguém tinha motivo para mentir sobre isso. O mistério pairava, até que na semana seguinte ele perguntou para a faxineira e ela disse que tinha comido. Fico imaginando na volta para casa que esta mulher teve, acho que nunca mais se arriscou a comer nada que tinha na geladeira dos meninos.

É claro, ainda tínhamos que ir até a faculdade. Nesse semestre, teríamos aulas teóricas e práticas de urologia. Na urologia, também teríamos que examinar partes íntimas dos pacientes, porém, ao contrário da ginecologia, não houve tanto constrangimento. De nossa parte, pelo menos. O preço que o paciente pagava por ter que usar o SUS era, muitas vezes, ter que passar pelo toque retal duas vezes, uma vez quando o aluno tocava, outra quando o professor confirmava o exame. É lógico que exame físico não consistia somente no toque retal. Era necessário a palpação de testículos, epidídimo, além do exame físico geral com ausculta cardíaca e pulmonar, aferição de pressão e palpação abdominal. Mas a parte constrangedora era o toque. O engraçado é que, para ensinar o toque, nos diziam que a próstata deveria ter a mesma consistência da parte da mão que fica entre o polegar e o punho. Os professores falavam isso com a maior naturalidade, como se fosse a coisa mais óbvia do mundo. Aí você colocava sua luva, colocava seu anestésico e ficava procurando alguma coisa com a consistência de sua mão dentro do ânus do paciente. Eu tentava fazer o toque o mais rápido possível, mas os primeiros, infelizmente, para mim e para o paciente, demoraram. A primeira vez em que faz um toque retal você não sente nada além do calor de um orifício humano. Não consegue identificar absolutamente nada. Na segunda vez, você até é capaz de identificar um pouco da mucosa e, caso tenha azar, fezes na ampola retal. A partir da quinta ou sexta vez, é quando consegue ver com seus dedos que, existe sim, uma parte um pouco mais endurecida que o intestino cuja consistência, de fato, se parece com a parte da mão entre o polegar e o punho. Então, eu já estava lá, experiente nos toques retais, identificando facilmente a próstata do indivíduo, quando fiz um toque retal e senti uma parte endurecida, parecendo uma pedra, empurrando meu dedo para trás. Nunca havia sentido algo assim. Chamei o professor e expliquei o que tinha sentido, ele calçou a luva e me deu um olhar de quem já sabia o que estava acontecendo. Fez o seu exame, me chamou para um canto, longe do paciente, e me disse que o que aquele jovem senhor, com pouco mais de cinquenta anos, tinha era um câncer de próstata. A descrição de toque retal "pétreo" dos livros-textos nunca fez tanto sentido quanto naquela hora. Apesar do toque retal deixar poucas dúvidas, ainda era necessário fazer a biópsia para confirmar o diagnóstico antes de iniciar o tratamento. Fiquei assustado, primeiro pela dureza agressiva daquela doença maligna, depois pela perspectiva do paciente, que teria pela frente um período longo de sofrimento. Agendamos a biópsia o mais rápido possível, o tratamento dele não poderia ser postergado. Os chefes da urologia eram extremamente simpáticos e, talvez, os mais compromissados com o atendimento agilizado e humanizado dos pacientes. Porém, até a urologia tinha suas limitações.

Em todos os nossos ambulatórios, havia várias salas de atendimento separadas por uma parede na lateral, uma porta na frente, por onde os pacientes entravam, e uma cortina ao fundo por onde saíamos para discutir o caso com os professores. Independentemente da especialidade, todos os ambulatórios eram parecidos. Cada acadêmico ficava com um determinado número de pacientes e, quando um terminava, começava a ajudar o outro, para tentarmos acabar o mais rápido possível. Estava ajudando meu amigo a preencher alguns papéis enquanto ele chamava o próximo paciente quando, de repente, entrou uma morena linda em nosso consultório. Nós ficamos sem entender o que estava acontecendo, e meu amigo, com toda cordialidade, disse "senhora, nós chamamos o senhor C...", e ela com naturalidade disse "sou eu". Quando ela falou essas duas palavras, sua voz nos fez entender o que estava acontecendo. Era um transexual. Envergonho-me em dizer que fiquei com vontade de rir. Um indivíduo que já passou por tanto preconceito, tanta dificuldade na vida, não deveria ser atendido por dois jovens despreparados mais do que prontos para rir de sua condição. Gostaria de ter, naquela época, a experiência que tenho hoje. Não só o conhecimento, também a delicadeza e o tato. Só que não tinha. Seguramos o riso e tentamos atender a paciente da melhor forma possível. Ela na verdade não tinha nenhuma queixa, o que queria era fazer a cirurgia para mudança de sexo. Naquela época, pouquíssimos serviços faziam este procedimento. Ainda menos do que hoje. A informação era menor e o preconceito, muito maior. Não chegamos nem a examinar a paciente, pelo menos esta consciência tivemos, não a expusemos ao constrangimento de um toque retal inútil, fomos conversar diretamente com nosso chefe. O professor explicou que em Curitiba a cirurgia não era feita e que o SUS não poderia ajudá-la, portanto deveríamos dar alta de nosso ambulatório. A pobre transexual, que esperou meses por uma consulta em um ambulatório especializado pelo SUS, foi despachada à estaca zero com menos de cinco minutos de conversa. Na época, não me senti mal, sequer pensei novamente naquela paciente. Hoje, fico pensando no sofrimento que ela passou, sem a menor perspectiva de ter sua condição resolvida. Atualmente, pelo menos, os serviços públicos de saúde estão mais especializados e o número de centros capazes de realizar tal procedimento aumentou, muitos lugares já têm acompanhamento multidisciplinar com endocrinologista, psicólogo e cirurgião. Na época, demos alta do ambulatório e mandamos ela de novo para a margem da sociedade. É triste. E é verdade.

Também tínhamos aulas de medicina legal, aprenderíamos a identificar lesões, quais os materiais capazes de causar determinada lesão, suas nomenclaturas, além, é claro, do mais básico, do mais fundamental: identificar um óbito. Como saber se alguém está morto? Esta pergunta pode parecer óbvia. Checar pulso, checar respiração, qualquer um é capaz de fazer isto, certo? Errado. Quando se está sozinho em um plantão, recém-formado e a enfermeira, ou técnico de enfermagem, te chama e você é o responsável por dizer se uma pessoa está viva ou morta, não é tão óbvio assim. Além de identificar o óbito, precisávamos identificar alguns sinais que indicam o tempo de parada, até mesmo para saber se vale a pena iniciar os procedimentos de reanimação ou não, ou seja, quando se tem responsabilidade, verificar um óbito não é coisa tão simples. O problema é que as aulas de medicina legal não cobravam presença. Como a maior parte das pessoas estava preocupada com o início do internato, e queria, assim como eu, aproveitar o último período antes dele, a frequência dessas aulas era baixíssima, coisa que me obrigou a muitas horas de estudos solitários após o fim da faculdade.

Neste período, eu flutuava pela vida. Mais uma vez, sentia que sabia as respostas das perguntas nunca feitas. Aquele medo pavoroso da morte não era nada além de uma sombra distante. Bastava não pensar naquilo. Todos os meus conflitos religiosos haviam se extinguido quando passei a acreditar em todas as religiões ao mesmo tempo, usando somente os dogmas mais convenientes para mim e descartando os inconvenientes. Existem mais de três mil religiões no mundo e eu optei por não descartar nenhuma. As provas do nono período eram ridiculamente fáceis. Ninguém teve a menor dificuldade para ser aprovado sem prova final naquele semestre. Depois de fazer a última das provas do melhor dos semestres, fui para casa e decidi relaxar um pouco. Antes, passei na locadora e aluguei um filme do Coppola. Quando cheguei em casa, abri meu exemplar do Drácula de Bram Stoker, já estava no final do livro, pretendia ver o filme depois de terminar o livro. Assim que fechei meu exemplar, levantei para pegar o filme, quando minha campainha tocou. Abri a porta e, para minha surpresa, lá estava Herman, completamente embriagado, escoltado por duas lindas mulheres, uma loura e outra morena, que pareciam ter metade de sua idade. As meninas riam compulsivamente porque, ao abrir a porta, o surpreendi com o rosto enfiado no pescoço da garota morena. Ele sorriu para mim e disse:

— Há quanto tempo, meu amigo — virou-se para a garota loura e disse, apontando para mim — esse é o cara que mudou minha vida, se não fosse ele, eu não estaria tão bem acompanhado agora.

Fiz menção para que eles entrassem enquanto Herman continuou a falar.

— Rapaz, você estava totalmente certo. Nós dois éramos punheteiros. PUNHETEIROS. Isso mesmo. Quem precisa de literatura? Hermínia, quantos livros você leu no último ano? — disse, virando-se para a loura.

— Revista conta?

Ele começou a gargalhar, olhou para mim, apontando para ela, e disse "revista conta?". Começou a rir de novo, quase sem conseguir respirar. Sentaram-se em meu único sofá, que era um pouco apertado até mesmo para duas pessoas, enquanto eu pegava uma cadeira na cozinha. As duas garotas o abanavam enquanto ele ria. Voltei até a cozinha, busquei um copo d'água para meu amigo, que ainda deixava algumas gargalhadas escaparem. Ele tomou um gole enquanto se acalmava e parava aos poucos de rir. Depois perguntou:

— Você não tem algo mais forte?

— Hoje não, Herman, não estou com nada aqui em casa.

— Então vamos para a minha, porque a noite vai longe.

Segui ele e suas amigas até sua casa. Nada do antigo ascetismo. Havia uma imensa televisão de tela plana, um leitor de *Blu-ray*, sistema de som de última geração, além de um confortável sofá reclinável. Sentei no sofá ao lado de uma das garotas, que foi logo colocando sua mão em minha coxa direita. Sorri para a moça morena e coloquei a mão em sua perna também. Herman pegou uma garrafa de Bourbon, serviu quatro copos altos com gelo e nos ofereceu. Comecei a beliscar meu drinque enquanto a morena ao meu lado tomava o seu em grandes goles. Olhei para meu amigo e disse:

— Você mudou muito desde a última vez que conversamos.

— Eu estive errado. Sempre errado. Consegui abrir os olhos depois daquilo que falou. Confesso, fiquei um pouco com raiva, mas era exatamente o que precisava ouvir. Eu fantasiava demais, usava a literatura como uma fuga da realidade ao mesmo tempo em que a usava como motivo para desprezar o mundo real. Meus olhos estão abertos agora. Isso é real. Esse líquido marrom no meu copo, que me faz sentir bem e animado, é real. Essas lindas mulheres sentadas ao nosso lado são reais — disse isso, sentou-se ao lado da loira e deu-lhe um beijo nos lábios — essa língua quente e gostosa brincando com a minha é real. Poucas coisas importam depois de sentir o gosto de lábios como esse.

— Concordo, Herman. Como é seu nome, minha querida? — disse, voltando-me para a morena.

— Maria.

— Lindos nomes.

Subi a mão da coxa para a virilha da mulher ao meu lado, que sorriu e me beijou. Herman começou a se atracar com Hermínia enquanto eu me agarrava com Maria. Tiramos nossas roupas ali mesmo no sofá. Maria sentou-se no meu colo, de costas para mim, com meu membro dentro dela, enquanto acariciava Hermínia, que estava na mesma posição no colo de Herman. Ele olhava para mim fazendo sinais de positivo e eu não podia fazer nada além de concordar. Fizemos amor em todas as posições naquela sala, as meninas pareciam se divertir mais do que nós. Por incrível que pareça, nós quatro chegamos ao orgasmo juntos. Depois de toda a luxúria, não tínhamos segredos, vergonhas ou eufemismos. Conversávamos e bebíamos nus. Herman foi até uma gaveta, pegou quatro pedacinhos de papel, entregou um para cada um e disse:

— Vamos abrir algumas portas hoje. Portas que nunca deveriam ser fechadas.

Ele colocou seu papelzinho em sua língua e nós o imitamos. As meninas riam, e ocasionalmente se beijavam. Eu não estava sentindo nada de diferente, somente o efeito do álcool, que começava a subir agora. Herman de um salto levantou-se, começou a colocar suas roupas e disse:

— Vamos sair. Precisamos sair. Sentir os cheiros, ver a cidade, respirar ar puro.

As meninas imediatamente obedeceram. Também me vesti, mas antes passei em casa para pegar uma roupa mais apropriada para sair. Encontrei-os vestidos e prontos menos de dez minutos depois. Aos poucos, meus sapatos começaram a ficar mais leves. Senti um formigamento que começava na ponta dos dedos, descia pela mão, seguindo correntes de energia nunca mapeadas pelo meu corpo, até que as duas correntes, vindas da direita e da esquerda, se encontravam no meu peito e pareciam explodir para o mundo. Maria estava agarrada em mim, para se proteger do frio. Eu segurei suas nádegas e apertei com força, ela sorriu e me deu um beijo no pescoço, que me fez sentir um gosto azul na boca. O céu era cor-de-rosa e dançava em tecnicolor enquanto nossos passos ecoavam pelo infinito. As ruas da cidade se misturavam com meus sapatos, fazendo com que pedaços de mim fossem ficando pelo caminho a cada passo. Nossas pegadas tinham som de arco-íris. Ríamos e andávamos pelas trilhas escondidas deixadas pelos neandertais.

Estávamos os quatro abraçados, caminhando, quando vimos ao longe um ponto vermelho. Aquele ponto parecia nos atrair, nos intimar a segui-lo. Hermínia saiu correndo na frente, dizendo que precisava pegar o vermelho. Herman começou a rir e ela voltou, ainda correndo, e pulou em seus braços. Eu os olhei atentamente e tenho certeza que, por uma fração de segundo, seus corpos foram um só para depois se separarem. À medida que caminhávamos, percebemos que o ponto vermelho não era um ponto, mas sim um quadrado. Pouco depois, percebi que era na verdade um letreiro luminoso escrito SHAMHAT em neon vermelho. Chegamos ao letreiro e vimos uma pequena porta aberta, de onde saía uma cor roxa e um forte cheiro de anis. Entramos sem hesitar e chegamos a um grande salão, mal iluminado por pequenas lâmpadas roxas. No centro, um pequeno palco vazio coberto por luzes de LED. Ainda não tinha começado o show. As mesas ficavam em volta do palco, encostadas nas paredes e rodeadas por pequenos sofás vermelhos. Sentamos em uma das mesas e pedimos cerveja para nós quatro. Por baixo da mesa, eu acariciava a genitália de Maria, por cima das roupas, enquanto ela acariciava a minha. Fomos servidos por uma garçonete que usava uma máscara de bode, uma calcinha preta e nada mais. Os lábios do bode pareceram se mexer enquanto uma voz gutural disse que o próximo show começaria em dois minutos. Senti um arrepio percorrer minha espinha. Maria abriu os botões de sua calça e colocou meus dedos em seu clitóris. Ela se contorcia ao meu toque enquanto mordia o lóbulo da minha orelha, com delicadeza. As luzes do salão diminuíram e tambores começaram a tocar, as poucas mesas ocupadas aplaudiram, enquanto um pesado bezerro de ouro se movimentava pelo palco. Montado nele, uma mulher discretamente acima do peso dançava, com seus longos cabelos negros encostando no chão. Usava um minúsculo biquíni vermelho que contrastava com sua pele branca. A mulher fazia movimentos que pareciam impossíveis, enquanto Maria gemia cada vez mais alto em meu ouvido. Ela abriu meu zíper e colocou meu falo em sua boca. A deusa no palco dançava com seu bezerro, fazia acrobacias impossíveis, enquanto ondas sonoras, azuis e alaranjadas, ecoavam pelo salão, parecendo seguir o comando dos seus movimentos. O som de tambores parecia reluzir em seus dedos e o próprio planeta Terra sucumbia a sua beleza. Ela retirou a parte de cima de sua vestimenta, jogou-a para cima e imediatamente seu top se diluiu em vermelho no ar. Seus seios fartos e alvos, coroados por mamilos rosados, balançavam convidativamente. Ela fixou em mim seus olhos amarelos ao mesmo tempo que eu sentia as contrações orgásmicas da boca de Maria no meu pênis. Ela apontou para mim, Maria levantou a cabeça, como se soubesse. Com o dedo indicador, convidou nós dois para o palco. Sem opção, obedeci ao seu comando, ainda abotoando as calças. Com um empurrão, mandou o bezerro de volta por onde tinha saído e ficamos somente nós três no palco. As pessoas não aplaudiam, só nos olhavam, hipnotizadas. Ela me virou de frente para Maria, apoiou as mãos nos meus ombros e fez com que me ajoelhasse. Esfregando os seios em minha nuca, disse com uma voz de mel para que eu tirasse a roupa de Maria. Abaixei a calça dela e senti o gosto violeta de sua vagina úmida. Ela começou a se contorcer de novo. A dançarina guiou minhas mãos pelas nádegas de Maria enquanto tirava minha camisa e esfregava cada vez mais forte seus seios em minhas costas. Usando a umidade de minha acompanhante, lubrificou seu ânus e guiou meus dedos para dentro do orifício. Maria se contorcia de prazer e gozou de novo, em minha boca. A dançarina me colocou deitado de costas no palco, colocou meu pênis entre seus seios enquanto o chupava, Maria começou a beijá-la com meu falo entre suas línguas. Ela colocou Maria sentada em cima de mim e introduziu meu falo em seu ânus. A garota gemia de prazer e, por um momento, parecia que eu conseguia escutar os grunhidos de todos ali presentes. Ela deixou Maria em cima de mim colocou os seios em minha boca e disse:

— Você não vai gozar.

— Não vou.

— Se quiser que eu te possua, terá que me pagar.

— Eu não tenho dinheiro,

— Você tem o Zahir.

Eu me assustei. Escutei a quilômetros de distância Maria gozar pela terceira vez, em uníssono com os outros presentes no salão. Todos dançavam ao toque do balanço da deusa coroada em solo etéreo. Com um gesto, ela dispensou Maria. Retirou sua calcinha e sentou no meu membro. Senti o calor de seu corpo percorrer todo meu ser. Nós estávamos sozinhos, e nada mais importava no mundo. Os garçons começavam a empilhar as cadeiras, as pessoas levantavam-se para ir embora, o mundo se diluía em um céu sem estrelas, sem sol, sem noite, sem lua, sem azul, sem negro, sem nada. Ao mesmo tempo com tudo. Seus seios eram macios e quentes ao meu toque. Senti que ejaculava em sua vagina enquanto ela apertava meu peito deixando a marca de suas unhas na minha pele. Ela saiu de cima de mim e se deitou ao meu lado, apoiando a cabeça no meu peito e estendendo a mão. Eu puxei minha calça, que fora jogada ao lado do palco, e peguei minha carteira do bolso de trás. O lugar estava vazio, nós dois jogados no palco, solitários. Não havia barman. Não havia garçom. Não havia ninguém. Abri minha carteira, peguei o Zahir e coloquei em sua mão. Ela fechou a mão com a moeda acobreada em seu interior, deu um leve toque com a ponta do dedo em minha testa. Acordei assustado, em minha cama, com o sol já alto. Estava completamente nu, minhas roupas dobradas no criado ao lado. Entrei no banheiro e vi marcas de unhas em meu peito. Tomei um banho e senti meu estômago reclamar, já era hora de almoçar. Saí de meu apartamento e encontrei a porta de Herman aberta. Fui até lá para conversar com ele, tentar descobrir como tinha chegado em casa, porém não vi nada do que tinha visto na noite anterior. Não tinha sofá, não tinha televisão, não tinha bebida. Somente um monte de caixas jogadas, como se alguém acabasse de se mudar para lá. Da cozinha, saiu uma jovem com um sorriso simpático e me perguntou se eu era o novo vizinho. Meio sem graça, respondi que sim. Saí dali o mais rápido possível.

Em meu quarto subterrâneo, pego minha carteira, abro o zíper onde guardo as moedas. Descubro, com algum assombro, apesar de nenhuma surpresa. O Zahir sumiu.

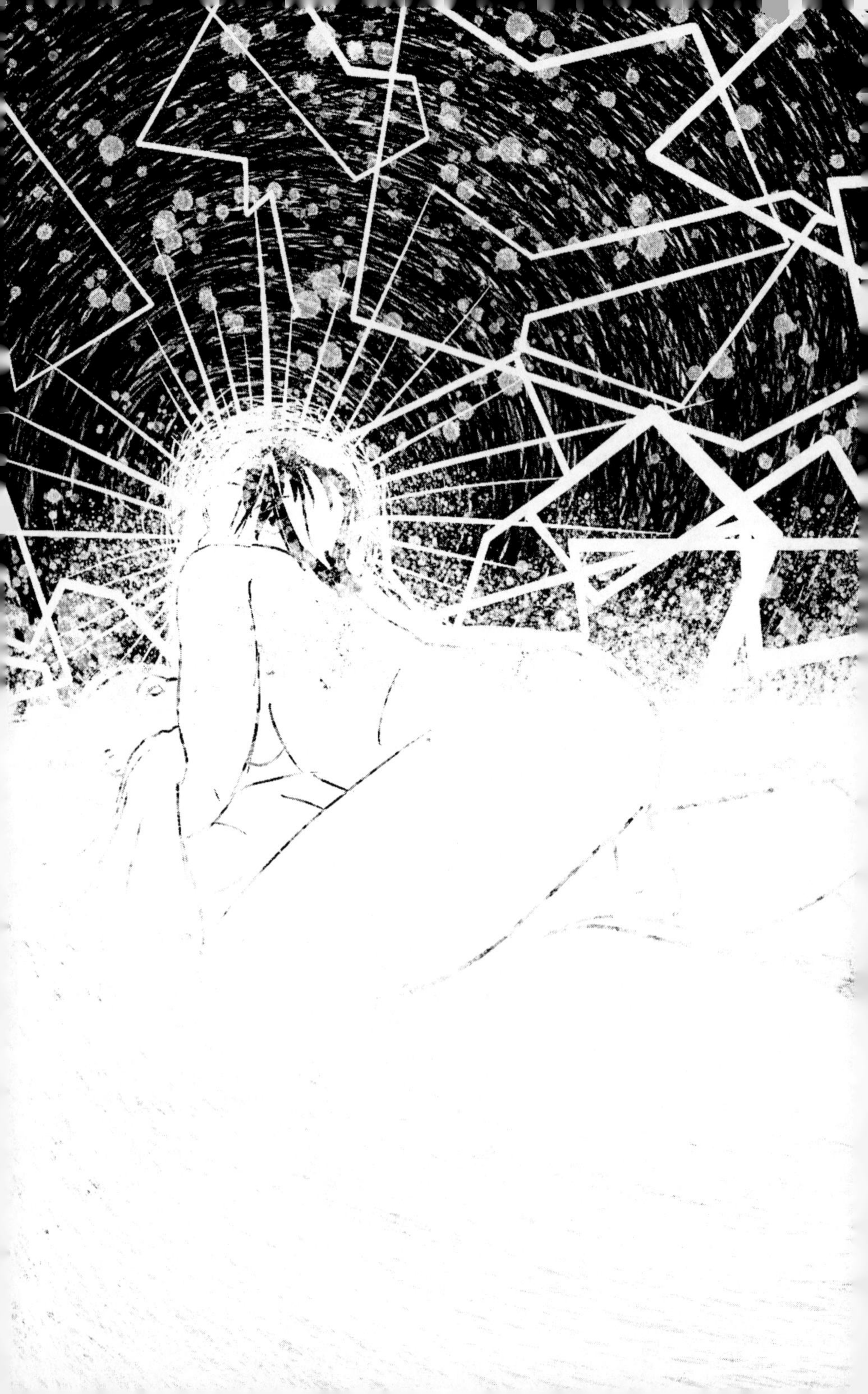

10

O nono período acabara e agora começávamos uma vida mais próxima da realidade da profissão. O internato. As aulas teóricas eram raras e nosso trabalho consistia em dar plantões, atender em ambulatórios, avaliar pacientes de enfermaria, sempre supervisionados, é claro. Lembro que eu reclamava dos chefes, na época eu não fazia ideia do conforto que é ter alguém responsável por seus pacientes. O interno não sabe nem metade da responsabilidade que é já ter seu próprio carimbo. E aqui, no primeiro semestre de internato, a maior parte de nós começaria um cursinho específico para a prova de residência. Esta talvez seja a maior distorção da faculdade de medicina. Em média, as vagas de residência estão disponíveis para somente trinta por cento dos formados. Apesar de não ser obrigatória, a residência atualmente é fundamental, devido à formação deficiente da maior parte dos cursos de medicina. Com a limitação de vagas de residência, as provas ficaram cada vez mais concorridas e a faculdade não consegue preparar os alunos adequadamente para a prova, por isso surgiram os cursinhos. Quem não faz um desses cursinhos dificilmente consegue passar. Eles não existem para ensinar medicina, sim a passar em provas. E o triste é que muitos colegas de internato não estavam focados em aprender sua profissão, somente em passar nas provas. É a distorção máxima a que se pode chegar. Um cursinho preparatório para uma prova de pós-graduação. É real. E eu fiz.

As aulas eram uma vez por semana, por cerca de quatro horas. Quatro horas intermináveis. No começo, você até está interessado, começa a aprender muita coisa que nunca foi mencionada pelos professores de faculdade, muitas vezes me pegava pensando por que diabos eu estava ouvindo aquela informação pela primeira vez. Com o passar do tempo, aquelas quatro horas pareciam não acabar e, no dia que tinha aula do cursinho, eu ficava com preguiça o dia todo.

O internato duraria um ano e meio. As turmas seriam divididas e todos passariam pela cirurgia, clínica, ginecologia e pediatria. No último semestre, você podia escolher quais estágios queria fazer. As turmas eram sorteadas, nós começamos com o internato de cirurgia, que diziam ser o mais puxado. Estávamos todos ao mesmo tempo animados e receosos de começar o internato. A faculdade teria um pouco mais de serviço, em compensação começaríamos a ter contato com os pacientes mais de perto. Torcia para que esse contato ajudasse a escolher minha especialidade. No primeiro dia de apresentação, o chefe da cirurgia conversou, explicou como funcionaria o internato e fomos divididos em subgrupos para rodarmos na maior parte das especialidades cirúrgicas. Chegava a ser cômico o terrorismo que nossos veteranos faziam. Pareciam estar sempre de plantão, cansados, não tinham tempo para nada, achei que o início do internato significaria o fim de toda a vida social. Depois de perder o Zahir, ficara um pouco menos libertino, voltara a ler mais e, mais do que nunca, queria me tornar um bom médico. Estava preparado para me dedicar e me tornar um excelente médico. Essa empolgação durou pouco.

Os cirurgiões adotam uma postura mais prática em relação à profissão médica. No internato de cirurgia foi onde ouvi as primeiras conversas sobre como montar consultório, quanto cobrar, quais especialidades são mais rentáveis, onde abrir consultório, valor de consultas de convênio, e isso é muito importante. Quisera eu ter prestado mais atenção, só que estava muito preocupado no meu pedestal de ser um MÉDICO de verdade. Infelizmente, aquele era um assunto necessário.

Lamentavelmente existia o lado negro de tudo isso. Os esquemas. Quais códigos colocar para receber mais do convênio, filas do SUS furadas caso você pagasse o caixa dois de um chefe de serviço. Coisas assim eram faladas com naturalidade, com muitos profissionais adotando esse tipo de prática. Justifiquei esse tipo de comportamento por eles serem mais velhos, já corrompidos pelo sistema, cansados de ser pouco apreciados, cansados da própria profissão e da própria luta, mas um dia, quando nossa gangue se encontrou em um bar, um dos meus colegas disse que pretendia fazer uma determinada especialidade porque nela você pedia muitos exames e podia fazer o valor da consulta multiplicar. Além disso, falou que os laboratórios pagam uma porcentagem dos exames que você pede. Aquilo me deixou enojado. Ele já estava pensando em se corromper antes mesmo de entrar no sistema. Não era culpa só do sistema falido. Era culpa do ser humano corrupto. Quando o ouvi falando isso, fiquei desanimado e fui para casa, mas minha casa parecia ser muito pequena para me caber. Saí de novo e fui até o cinema. Para minha sorte, estava passando *Quem Quer Ser um Milionário*. Como já tinha ouvido falar muito do filme, paguei a entrada e comecei a vê-lo. A história é muito legal e o personagem que mais me chamou a atenção foi o irmão do protagonista. Ele era uma pessoa real. Fazia boas ações. Fazia más ações. Cometeu erros. Cometeu acertos. No final de sua história (*spoiler alert*), ele morre e eu senti, dentro de meu ser, que ele merecia a morte. Aquele era um jovem que havia roubado pertences do irmão, coagido a namorada do irmão a fazer sexo, traficara drogas, matara, roubara. Apesar disso, impedira que o irmão ficasse cego e, no final do filme, salva a vida dele. Aquilo me fez pensar. Quantas boas ações são necessárias para apagar uma má ação? As más ações têm um peso? Quem define esse peso? Matar é pior do que roubar? E se você estiver em uma guerra, aí você pode matar porque dois líderes que não o conhecem decidiram que você é inimigo de uma pessoa que nunca viu? Ah, mas aí matamos para não morrer. Roubar não pode. E roubar de um traficante? Ladrão que rouba ladrão tem cem anos de perdão? Ou não tem nenhuma honra? Cobrar para fazer uma cirurgia pelo SUS é errado, talvez atender de graça a um paciente no consultório pagaria essa má ação com uma boa? Queria uma resposta para estas questões. Queria um código de conduta escrito e crível que me ensinasse como deveria proceder. A bíblia fornece esse código. O alcorão fornece. Quantas atrocidades não foram feitas em nome destas estúpidas regras morais inventadas? A justificativa mais idiota, porém a mais usada, é: "Assim está escrito no livro que eu acredito que foi escrito por Deus." "Deus escreve certo por linhas tortas." Sério? Então por que nunca o vi escrever uma linha? Aquelas histórias da carochinha não ditariam minha bússola moral, precisava encontrar dentro de mim a resposta, no final das contas é o melhor que temos, talvez a única coisa que temos. Pessoas fazem más ações e também fazem boas ações. O juiz das minhas boas ações ou más ações não seria ninguém a não ser eu.

No dia seguinte, estava de plantão em um hospital especializado em trauma. Não tínhamos feito muita coisa o dia todo, quando uma ambulância irrompeu pela porta do hospital trazendo consigo toda a comoção de técnicos de enfermagem, médicos, socorristas. Uma maca voava baixo pelos corredores. Era uma presidiária, gestante que havia levado uma facada no abdômen. Colocamos a paciente no centro cirúrgico o mais rápido possível, os chefes entraram na cirurgia rodeados de residentes. Lembro de uma residente que tirava fotos do ferimento, não sei se para futura referência ou para mostrar aos amigos. O feto tinha pouco mais de vinte e cinco semanas, suas chances, apesar de não serem nulas, estavam longe de boas. A mulher foi operada com agilidade pela equipe, os danos para a mãe não haviam sido muito sérios. Eu acompanhei esta paciente no pós-operatório. Ela teve alta dez dias depois, voltou para o presídio, e, em nenhum momento, perguntou pelo filho. Nem mesmo três dias após a cirurgia, quando a informei que a criança não tinha resistido.

O internato acabou sendo mais tranquilo do que eu imaginava. Em geral, tínhamos que acordar muito cedo para passar na enfermaria antes dos chefes chegarem, porém esse era o único problema. Quando acabávamos de passar visita na enfermaria, alguns iam para o centro cirúrgico como instrumentadores (internos nunca faziam nenhuma cirurgia, nem como auxiliar) e outros iam para os ambulatórios, estávamos em casa por volta de cinco da tarde. Algumas vezes, tínhamos que dar plantões, mas não eram tão frequentes quanto os veteranos faziam parecer. Comecei a perceber que a maior parte dos meus colegas tinha uma tendência a supervalorizar sua carga horária. Depois percebi que não eram só os veteranos que faziam isso, todo mundo fazia. Meus amigos começaram a contar uns para os outros que estavam sempre cansados, sempre de plantão, apesar de ainda termos tempo de sair, beber cerveja. Não era a tranquilidade da faculdade, mas não era uma Hidra em que cresciam duas cabeças quando se cortava uma. Acredito que as pessoas tendem a superestimar seu trabalho em uma tentativa de superestimarem a si mesmos. Quando alguém fala que seu próprio serviço é fácil, você pode pensar que qualquer um pode fazer, portanto ele é qualquer um. Ninguém quer ser qualquer um. Todos queremos ser especialistas, especializados, diferenciados, verdadeiras gemas a serem guardadas e apreciadas. "Nunca conheci quem tivesse levado porrada. Todos os meus conhecidos têm sido campeões em tudo." Fernando Pessoa não poderia estar mais certo, mais atual.

    Outra coisa que aprendi no internato de cirurgia era que eu, de fato, gostava de medicina, apesar dos médicos. Gostava do contato com o paciente, gostava de fechar o diagnóstico. Durante toda a faculdade, questionei-me se tinha feito a escolha certa, fantasiava uma vida de historiador, escritor, atirador de elite. Quem não sabe bem o que quer fazer, faz direito ou medicina. Eu estava no grupo daqueles que fizeram medicina. Passar mais tempo no hospital me fez ter mais segurança de minha escolha e mais segurança do meu futuro. E, apesar de ter tido essa revelação enquanto passava pelas especialidades cirúrgicas, odiei entrar no centro cirúrgico. É necessário trocar de roupa, lavar a mão, ficar em pé por horas, abrir um corpo humano, depois suturar esse mesmo corpo (preservando sua anatomia, essa é a parte delicada) para depois lavar as mãos de novo e entrar em outra cirurgia. Quando ficava muito tempo em pé, minhas costas começavam a doer, sentia fome, suava, o ar condicionado das salas não funcionava. Era horrível. Descartei, portanto, todas as especialidades cirúrgicas de minha lista de possíveis carreiras.

    O internato de cirurgia chegou ao fim e agora passaríamos para a parte de pediatria. Eu estava morto de preguiça. Nunca levei muito jeito com crianças, nem fiz muita questão de gostar. Desde a adolescência, achei as vozinhas, os chamegos, os bilu-bilus ridículos. Enquanto isso, alguns colegas haviam comprado balinhas, adesivos para distribuir para as crianças, empolgados com este contato. Existe gosto para tudo. Os professores, entretanto, eram muito bons. Em sua grande maioria, estavam interessados no bom cuidado do paciente e tinham um programa mais acadêmico, com mais teoria. Se na cirurgia as aulas eram raras, na pediatria tínhamos duas aulas por dia. Eram um mal necessário. Agora, a grande beleza da pediatria era que quase não tínhamos plantões e os poucos que teríamos eram bem mais tranquilos. Se no pronto-socorro da cirurgia chegavam doenças graves, que, em geral, necessitavam de internação, no pronto-socorro de pediatria, na maior parte das vezes, tínhamos pais apavorados com doenças simples. Gripes, resfriados, diarreias eram as doenças mais comuns, isso quando existia alguma doença. Ocasionalmente chegava uma mãe assustada com algum comportamento normal da criança, como piscar muito os olhos ou virar a cabeça, ou dormir demais. Os pediatras, com a maior paciência do mundo, explicavam para os pais o que estava acontecendo, mesmo assim, vira e mexe, os mesmos pais voltavam ao pronto atendimento, com a mesma queixa. Era um exercício zen não xingar algumas pessoas.

Na pediatria, passávamos pelo ambulatório de neuropediatria. O professor era muito bom, levava vídeos de crises convulsivas, contava sobre seus pacientes autistas, tinha um verdadeiro apreço pelo ensino acadêmico. Em uma de suas aulas, nos contou uma história sobre uma de suas pacientes que fora consultar por suspeita de epilepsia. A garota apresentava estranhos movimentos do braço, movimentos em rotação, além de, às vezes, contrair o pescoço e entortar a boca. Quase sempre apresentava tais crises durante o jantar. Ele levou o vídeo sem áudio da garotinha tendo suas crises e nos perguntou qual era o diagnóstico mais provável. Os especialistas da turma (aquele time de alunos que participa, sabe tudo, leu o último artigo) tentaram alguns diagnósticos, eu confesso que fiquei calado. Não tinha a menor ideia do que estava acontecendo com a menina. Então nos contou que, no vídeo, ele começou a contar para a menina que o padrasto dela estava chegando para buscá-la e ela começou a apresentar aqueles movimentos. Ao investigar mais a fundo, descobriu que o padrasto da garota batia na mãe, nela e na irmã. Quando ela apresentava essas crises, ele não batia em ninguém, ficava preocupado e a levava para o hospital. Depois deste triste diagnóstico, ele nos lançou a pergunta. Qual o tratamento para a doença daquela menina? A maior parte da sala falou que teria que ser chamado o conselho tutelar, mas e aí? Chama o conselho tutelar e pronto? Se a mãe nunca prestar queixa nunca vai acontecer nada. O que todo mundo quer é simplesmente passar aquele problema para outra pessoa. Ao vermos alguma tragédia na televisão, ou uma criança dormindo na rua, nós pensamos "Que horrível", mudamos de canal, ou voltamos para o nosso jantar. Quando alguém fala que não se importa com a fome na África, ou com a guerra no Oriente Médio, esta pessoa é considerada egoísta, insensível, porém se você fala "Que horrível, alguém tem que fazer alguma coisa" ou mesmo se você discute por horas qual a melhor saída para este problema e no fim das contas não faz nada, qual é a diferença? Nenhum dos dois faz efetivamente nada. NADA. Esta é mais uma das habilidades evolutivas do ser humano. Sentir-se bem consigo mesmo. Você olha a garotinha que simula crises convulsivas para não apanhar e pensa que é uma pessoa boa porque você não faz isso e acha aquela atitude horrível. Você vê o sofrimento na África e pensa que é uma pessoa boa somente pelo fato de que, no fundo, você se importa. Você, cortando seu filé mignon, com um talher de prata e tomando vinho tinto, somente depois de deixá-lo respirar por cinco minutos, acha que tem empatia com uma família do Oriente Médio que perdeu sua casa e seus filhos em um atentado suicida. Nós somos egoístas, insensíveis e nos confortamos dizendo para nós mesmos que lá no fundo somos boas pessoas. "Se você conhecer meu verdadeiro eu, vai se surpreender." "Ninguém sabe dos meus anseios pessoais, da dor que EU tenho quando vejo estas atrocidades." "Lá no fundo, eu me importo." "Não faço nada, entretanto, lá no FUNDO, bem no fundo mesmo, debaixo de toda minha inatividade, eu me importo." Tenho que contar uma novidade para você, meu amigo. Não existe lá no fundo. Você é o que você faz. Se você não faz nada, você não se importa. Então ninguém na minha sala se importava com a garotinha fingindo convulsões para não apanhar do padrasto. Nós vimos a aula, pensamos "Que horrível" e fomos para o bar depois.

Também na neuropediatria tínhamos um ambulatório de paralisia cerebral. Existem os mais variados graus de paralisia, desde pacientes completamente acamados até mães que só descobriram que seus filhos tinham algum problema quando tiveram dificuldade para andar. O que mais me surpreendeu nesse ambulatório foi que os pacientes mais graves, menos responsivos, eram os mais "amados" pelos pais. Todo aquele cuidado extra, a alimentação assistida, os banhos de leito, as horas lendo, ou vendo filme com a criança doente criavam um tipo de laço peculiar, uma relação de interdependência que eu nunca imaginei que seria possível. Muitas mães (em geral eram as mulheres que ficavam em casa cuidando destas crianças, não sou eu que sou machista, é a sociedade) ficavam o dia todo cuidando de seus filhos com paralisia cerebral, ou outra doença semelhante e, quando eles ficavam doentes, elas entravam em desespero. Não queriam se ver livres de algo que poderia ser considerado um fardo por alguns (eu, por exemplo). Caso você não tenha concordado com meu uso de "amados", defina melhor o amor para mim. Se ficar ao lado de uma pessoa o tempo todo, dar comida na boca, dar banho, morrer de preocupação ao menor sinal de problema não é ser mais amado, então talvez eu precise atualizar minhas definições de amor. O triste era que os irmãos dessas crianças, ocasionalmente, eram negligenciados. O filho doente precisava de tanta atenção, tanto cuidado, que a outra criança tinha que se virar sozinha, tentava pegar um pouco do amor do irmão. Ao mesmo tempo em que a raça humana pode ser terrivelmente insensível, podemos ser surpreendentes.

O internato de pediatria vagarosamente chegou ao fim. No intervalo entre o décimo e o décimo primeiro período, só teríamos duas semanas de férias, uma mudança drástica dos dois meses que tínhamos antes. No dia que acabaram as atividades na pediatria, já estava com minha passagem comprada, queria ficar o maior tempo possível em minha cidade natal. Infelizmente, o ônibus só iria sair no dia seguinte, então tinha um final de tarde e uma noite em Curitiba. Tentei ficar em casa, joguei um pouco de videogame, mas não conseguia focar minha atenção em nada. Queria fazer alguma coisa que ninguém fizera. Comer uma comida que não existe. Inquieto, saí de casa. Caminhei até o Passeio Público e fiquei por um tempo olhando os pássaros, só que logo enjoei daquilo. Passei pela praça Khalil Gibran, segui em direção aos prédios da prefeitura. A cidade estática vivia, enquanto eu caminhava, morto. Uma das piores sensações é estar preso em um lugar onde não se quer estar. Nem que seja por uma noite. Caminhei e caminhei, sem olhar as horas, sem me preocupar com o tempo, sem me preocupar com a volta. Andei até que a cidade ficasse em silêncio. Cheguei a um lugar que nunca visitara, uma praça calma, escondida no meio da turbulência da capital. Nessa praça, uma pequena nascente florescia, com alguns bancos em volta. Aquela água estava límpida, diferente dos muitos espelhos d'água espalhados por Curitiba. A água recém-nascida não corria nem por um segundo em seu trecho natural. Seu parto era feito em um lago artificial, depois seguia encanada para se tornar afluente de algum rio imundo. Pelo menos ali ela era ela. Era água. Era pura. Sentei em um dos bancos e senti um alívio ao relaxar as pernas. Tinha andado por muito tempo, nem eu sabia que estava tão cansado, os primeiros postes começavam a ser acesos, apesar do azul do céu ainda não ter cedido lugar à escuridão noturna. Fechei os olhos e foquei no barulho da água, tentei pensar somente nele, excluindo todo e qualquer pensamento que não fosse o barulho da água, o cheiro de limpeza do lugar. Estava sendo bem-sucedido nisso, até que escutei um barulho ao meu lado enquanto um cheiro pútrido penetrava minhas narinas. Abri os olhos e vi que um mendigo sentara ao meu lado. Ele não parecia estar alterado por nenhuma substância, só ficou lá, olhando a nascente, assim como eu. Confesso que meu preconceito (além do cheiro), me deixou um pouco incomodado, entretanto minha consciência pesada, de homem, branco, heterossexual e privilegiado, me proibiu de levantar só porque um mendigo sentara ao meu lado. Evitei olhar para sua direção e tentei focar na nascente novamente, quando o escutei falar. Na verdade, ouvi sua voz, mas não sabia se tinha feito um barulho ou dito alguma coisa em uma língua que eu não conhecia. Olhei para ele e disse "o que" com os olhos. Ele olhou para mim e, desta vez, vi sua boca mexer enquanto o som saía de sua boca. Parecia querer fazer sentido, porém não era nenhuma língua que eu conhecesse. Ele viu que eu não tinha entendido nada e falou português com um sotaque que nunca ouvira antes:

— Desculpe-me. Às vezes me esqueço de onde estou.
— Que língua era essa?
— Grego.
— Nunca conheci ninguém da Grécia. Faz muito tempo que saiu de lá?
— Muito tempo. Nem lembro quando.
— Então, o que estava tentando falar em grego?
— Ah... Fui eu que puxei esta conversa, não é verdade?

— Sim, de fato foi.

— Sentei aqui porque você pareceu ser uma pessoa tranquila. Faz muito tempo que não converso com ninguém. Tinha perguntado se você sabia que essa é a nascente da imortalidade.

— Como?

— Esta água. Quem bebe dessa água não morre.

— Sério? Como descobriu isso?

— Este lugar aparece na Grécia de vez em quando. Na verdade, isso aqui pode aparecer em qualquer lugar. Basta que a pessoa certa, no tempo certo, no estado de espírito certo se aproxime.

— Está me dizendo que esta nascente completamente canalizada é a fonte da vida?

— Isso.

— E você bebeu?

— Exatamente.

— Interessante. Nunca pensei que fosse conhecer um imortal antes. Nos seus longos anos de vida, conseguiu ficar famoso?

— Consegui isso nos primeiros anos. Agora tento fugir da fama.

Comecei a rir, parecia que tinha feito um excelente trabalho fugindo da fama. Como vi que ele continuava sério, me recompus e disse:

— Desculpe-me. Se é tão famoso, já devo ter ouvido falar de você. Qual seu nome?

— Homero.

— Aquele Homero grego, que escreveu a Ilíada e a Odisseia?

— Esse mesmo.

— Olha, você, de fato, fez um excelente trabalho fugindo da fama, tem gente que até duvida da sua existência.

— Não deveriam. E então?
— Então o quê?
— Vai beber?
— Beber a água dessa fonte aí?
— Exato, a água da imortalidade.
— E vou ficar imortal porque todos vão saber o meu nome?
— Isso não é papel da água. Ela só te deixa vivo para sempre. Fazer com que todos saibam seu nome é um pouco mais complicado. É preciso fazer alguma coisa que valha a pena ser reconhecida. Como eu fiz. Quando escrevi meus textos, não tinha bebido a água ainda. Sabe, a imortalidade tira um pouco sua vontade de fazer as coisas.
— Como tomar banho? — disse, rindo, não consegui perder a piada.
— Isso. Como tomar banho.
Fiquei lá sentado, vendo a fonte da imortalidade. A água parecia limpa. Mesmo que ele estivesse errado, qual o mal em tomar um gole daquela água? Viver para sempre significaria anular meu maior medo. O medo da morte. Nunca mais precisaria adorar deuses ou espíritos para ser imortal. Ficaria aqui mesmo na terra, vagando para sempre. Olhei para o meu lado e vi aquele homem maltrapilho. Será que a imortalidade tiraria o prazer das coisas? Comer, beber, transar, fumar. Talvez os primeiros cem anos possam ser preenchidos só com isso. E depois? Qual seria o motor? O que me levaria adiante? Viver sem uma válvula de escape. Sem descanso para os sofrimentos da alma. Será que, se fosse de fato imortal, buscaria um dia escrever, ou mesmo terminar o curso? E meus pais, amigos, família. Todos morreriam, perdidos para sempre. Não teria a oportunidade de me unir a eles, nem que essa união fosse no

nada. Minha alma gêmea, até aquela data não encontrada, seria enterrada, pranteada e esquecida. Teria múltiplas vidas para procurá-la(s), porém, uma vez encontrada(s), ela(s) também seguiria(m) rumo ao vazio, enquanto eu continuaria por aqui, vagando. Maltrapilho. "Meu Deus, um minuto inteiro de felicidade! Afinal, não basta isso para encher a vida inteira de um homem?..." Uma vida inteira, talvez, Dostoievski. E múltiplas vidas? Infinitas vidas? Um minuto inteiro preenche infinitas vidas? Acho que não, meu caro. Olhei para meu companheiro de banco, que continuava com a pergunta nos olhos. Levantei e disse:

— Hoje não, meu amigo. Hoje não.

— Escolha sábia.

Sorri, toquei em seu ombro e olhei mais uma vez para seu rosto. No seu olhar, eu vi poesia. Vi verdade. Ele me devolveu o sorriso, um sorriso triste de quem ganhou um presente que não pode devolver. Apertei seu ombro, balancei a cabeça e ele colocou sua mão na minha. Entendi a dor.

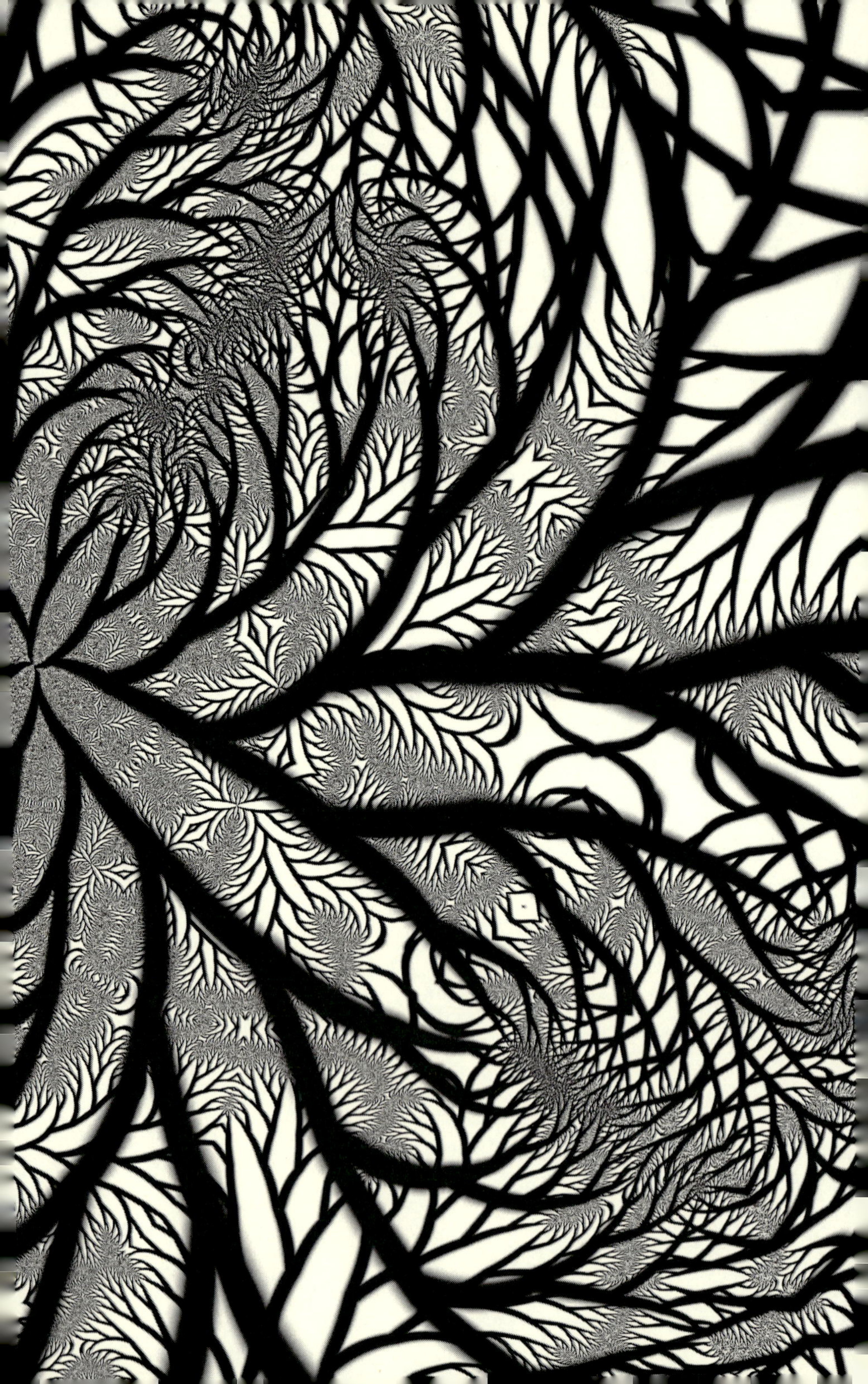

11

As duas semanas de folga passaram voando. Mal tive tempo de aproveitar e já estava de volta a Curitiba. Agora iríamos para a Ginecologia e Obstetrícia. Ainda tinha que repor os estudos das duas aulas do cursinho para residência que havia perdido nas férias. Depois de minha epifania, quando escrevi sobre homens e rios, comecei a escrever com uma certa regularidade. No início, escrevia somente contos, nenhum que valesse a pena ler, porém estava escrevendo. Escrevia qualquer coisa que fosse capaz de começar e terminar no mesmo dia. Não tinha paciência para escrever algo mais longo, que fosse demandar mais do que um dia de trabalho, entretanto, sabia que, se quisesse ser um escritor de verdade, aquilo tinha que mudar. Então, tive a ideia para um romance. Chamar-se-ia A *Medicina, o Médico e o Homem*, um livro falando de meu avô, meu pai e eu, três médicos praticando três medicinas diferentes, três gerações viajando ao futuro, um dia por vez. Aquilo me cheirava a obra-prima. E aquele cheiro de obra-prima me assustou. Sabia que não seria capaz de escrever uma obra-prima logo no primeiro livro, não era um gênio da literatura, só um idiota que gostava de ler. Não podia queimar essa ideia logo no primeiro livro. Então, pensei pequeno. Comecei a escrever um romance que falaria de um pai e seu enteado. Como seria a relação dos dois. Usaria uma droga ilícita como mecanismo de redenção. Apesar de levemente ambicioso, bem mais simples de ser escrito. Tinha achado um nome excelente. Pelo menos, em inglês. *Stillwater*. Água parada. A calmaria que vem antes da tempestade. Eu não seria o idiota que escreveria um livro em português com um título inglês, então decidi. Água parada. Estava animado, no início, escrevia sempre. Porém, o internato começou, as aulas do cursinho iniciaram e, no dia que conseguia escrever bem, não conseguia estudar, no dia que conseguia estudar, não conseguia escrever. Era muita coisa para fazer ao mesmo tempo, muito cansativo. E ainda tinha que descobrir qual especialidade prestar. Decidi focar na medicina, na matéria das provas de residência e deixar a literatura de lado, por um tempo, pelo menos. Somente depois de terminar minha residência em Clínica Médica terminei de escrever o romance Água Parada. Todo mundo para quem eu dizia o nome só lembrava do mosquito da dengue. Ninguém pensava em tempestade. Acabei mudando o título para *Entre a Dor e o Nada*. Até hoje não escrevi *A Medicina, o Médico e o Homem*, e sei que o livro que eu queria escrever na época de faculdade nunca será escrito. Já não sou a mesma pessoa que era antes. Ainda penso em escrever uma obra com o mesmo título, mas definitivamente não será o mesmo livro.

    Começamos o internato de Ginecologia. Depois das primeiras experiências constrangedoras na Ginecolocia e Obstetrícia, tudo tinha ficado mais natural. Colocávamos as pacientes na sala, fazíamos o exame especular quando necessário e algumas vezes entrávamos como auxiliares em cesarianas. A parte teórica era fácil. A única coisa que eu não esperava era o quão fortes as superstições podem ser e como no mundo dos nascimentos elas se multiplicam. Algumas eram inofensivas, por exemplo: quando uma mulher engravida, algumas vezes aparece uma linha pigmentada no centro da barriga chamada de linha nigra. Diziam que se a linha se encontrasse no umbigo seria menino, se fosse assimétrica seria menina, ou talvez a teoria fosse ao contrário, enfim, não interessa, o que importa é que não tinha nada a ver, porém, mesmo não tendo nada a ver, isso não faz mal a ninguém. Só que algumas eram perigosas, como o famigerado resguardo. O que se deve fazer no resguardo, segundo as antigas tradições, são coisas absurdas como não lavar o cabelo, não lavar a vagina, não tomar banho de água fria, um monte de coisas que, além de não ter o menor embasamento científico, aumentam a incidência de infecção. Uma vez, estávamos avaliando o pós-parto de uma mãe e o médico viu que a criança não estava bem. Quando foi examinar, viu que o umbigo da criança estava infectado. Quando perguntamos o que tinha acontecido, a avó da criança colocara fumo de rolo no umbigo para sarar mais rápido. Eram coisas absurdas como essa que me deixavam com ódio. Não adiantava tentar colocar um pouco de bom senso nas pessoas, elas vinham com uma conversa do tipo "minha vizinha lavou o cabelo uma semana depois que ganhou neném e ficou careca" ou "minha prima não colocou fumo no umbigo e as tripas saíram para fora". Era horrível. Pessoas estavam ficando doentes, (na melhor das hipóteses, só fedidas) por ignorância. O triste é que era muito difícil fazer com que essas pessoas deixassem de acreditar nestas velhas tradições.

No internato de Ginecologia e Obstetrícia, também faríamos nossos primeiros partos. Não é infrequente vermos uma notícia de uma mãe que deu à luz em um carro, ou que um bombeiro fez um parto na ambulância, então vários professores disseram que o mínimo que tínhamos que saber fazer era conduzir um parto normal. Todos diziam que, se estiver tudo bem, basta não atrapalhar muito a natureza que a criança nasce. O que pode ser um alívio, ou mais um motivo de tensão, porque, se alguma coisa desse errado, a culpa provavelmente seria sua. Os plantões de sala de parto eram relativamente tranquilos, precisávamos acompanhar algumas gestantes, examiná-las e torcer para aparecer algum parto normal. A parte mais chata era fazer a dinâmica uterina. Como era muito chato, os residentes deixavam nós, os internos, fazerem essa parte. A dinâmica consiste em colocar a mão na barriga da mãe, por dez minutos, e contar o número de contrações, para avaliar se estavam próximas de entrar em trabalho de parto. Um amigo contou que, no final do plantão, estava tão cansado que se sentou ao lado de uma gestante para fazer a dinâmica uterina e dormiu com a mão na barriga da mulher. Depois de meia hora, ele acordou como se nada tivesse acontecido e disse que estava normal. Não sei se acredito nessa conversa, mas é uma boa história. Em meu primeiro plantão, estava ansioso, querendo que aparecesse um parto ao mesmo tempo que torcia para não fazer nada. O plantão estava tranquilo, não tinha nenhuma gestante para acompanhar, por isso fiquei sentado, ouvindo as residentes conversarem. Na Ginecologia e Obstetrícia, ao contrário da Cirurgia, a maior parte das residentes eram mulheres, nenhuma delas muito interessante. Não lembro exatamente sobre o que estavam conversando, só lembro que não estava interessado, mas tinha me esquecido de levar um livro, então fiquei ouvindo a conversa delas, dando alguns sorrisos, sem de fato participar. Elas se achavam em um patamar tão acima dos meros internos que sequer se preocupavam comigo, conversavam como se eu não estivesse ali. Essa na verdade era uma prática comum dos residentes, agir de maneira superior aos internos, como se eles fossem os próprios escolhidos por Deus. Engraçado que, quando penso nesse comportamento, vejo o quão incoerente era, já que hoje somos todos colegas de profissão (inclusive me envergonho de ter algumas das pessoas que conheci durante a faculdade como colegas de profissão). Não bastasse o volume que uma das residentes usava para conversar dentro de um hospital, sua risada era tão alta e tão aguda que parecia a Bruxa Má do Leste. Ficamos lá, sentados, esperando alguma coisa aparecer. Quando havia acabado a primeira metade do plantão, chegou uma gestante em trabalho de parto. A imagem que eu tinha na cabeça quando ouvia parto era a que os filmes tinham passado, uma emergência médica, uma mulher começava a gritar, respirar muito rápido e em menos de quinze minutos um bebê chorando aparecia no colo da mãe. A vida real foi um pouco decepcionante. Chegou uma jovem, relativamente calma, dizendo que estava tendo contrações. Examinamos a paciente, ela ainda estava começando a dilatar, porém, na dinâmica uterina, as contrações mostraram que ela estava em trabalho de parto, apesar de ainda faltarem algumas horas para o nascimento da criança. Comecei a avaliá-la de hora em hora, as contrações começaram a aumentar, o colo uterino estava bem dilatado, o bebê, pronto para nascer. Colocamos a paciente na sala de parto, onde ela defecou e urinou ao mesmo tempo em que gritava de dor. Depois de muitos gritos, finalmente nasceu um menino saudável, chorando. A enfermeira ao meu lado disse: "Bem-vindo ao mundo, mais um devedor da dívida externa." Aquele bem-vindo me incomodou. Não sei por quê. De fato, aquele garotinho, entre fezes e urina, estava adentrando ao mundo, um mundo que não fazia a menor questão que ele se sentisse bem-vindo, um mundo que iria maltratar sua carne, sua mente, sua alma, até que decidisse expulsá-lo para sabe-se lá onde, e ele sairia do mundo do mesmo jeito que entrou, chutando e gritando. Bem-vindo à miséria. Achei partos normais mórbidos, não tive nenhum prazer ao presenciar aquilo. Decidi que não veria nenhum parto normal depois da faculdade, por isso descartei Ginecologia como futura especialidade. Agora só me restava alguma especialidade clínica, o último estágio do internato.

Ainda tive que assistir e fazer alguns partos normais no internato de Ginecologia e Obstetrícia e aquela primeira impressão não passou. A parte ambulatorial e a Ginecologia eram até tranquilas, só a Obstetrícia era horrível. Os meses que passamos na Ginecologia e Obstetrícia acabaram e eu teria o final de semana livre. Estava com um certo receio, o internato estava chegando ao fim e ainda não tinha certeza de qual especialidade escolher. Era somente o meu futuro que estava em jogo. Como sempre acontecia quando estava com algum problema, saí para caminhar. Resolvi fazer meu tour pelos sebos, comprar livros era algo que me deixava mais bem-disposto. Estava tendo problemas em encontrar algo realmente interessante para ler e já estava em meu quarto sebo. Um dos compradores deve ter visto meu olhar meio desanimado rumo à estante e disse: "Rapaz, se você subir quatro quadras e virar à direita, vai encontrar uma loja incrível, com uma fachada vermelha bem forte, impossível errar." Sorri para meu interlocutor, agradeci e segui sua recomendação. A subida até a loja era um pouco íngreme, mas os prédios eram antigos e muito bonitos. As ruas ainda tinham algumas árvores e, como o tempo não estava muito quente, foi uma caminhada agradável. Vi a grande fachada vermelha da loja de longe, entretanto, o que me surpreendeu foi ver que, em frente à livraria, tinha uma sinagoga. O prédio não era tão imponente, só uma fachada branca com uma estrela de Davi na porta. À frente do recinto religioso, um homem baixo, magro, com um cabelo preto começando a rarear na frente, que precisava de um bom corte ha meses. O cabelo estava bagunçado, e seu nariz grande suportava grossos óculos de aro negro. O homem olhava para a sinagoga com o mesmo olhar que eu tivera para a estante de livros, parecia não ter nada para ele ali naquele momento. Não sei por que me aproximei daquele homem, olhei para a estrela de Davi e disse:

— Se perguntando se Deus está aí hoje?

— É...

— Frequenta a sinagoga?

— Alguma vezes. Sou um judeu relutante. Quando se é criado há tanto tempo em uma religião, é difícil não ficar com algumas coisas na cabeça. Sinto que a qualquer momento Deus pode aparecer no meu quarto e dizer: "Allen, agora você foi longe demais, venha comigo que vou te levar para o inferno."

— Não sei se ficaria tão chateado se isso acontecesse. Pelo menos, seria uma prova de que se importa.

— Não tinha pensado por esse lado.

— Você me deu uma ideia. Vou tentar irritar tanto Ele, para ver se O convenço a aparecer no meu quarto e me levar para o inferno. Já pensou? Se Enoque foi o único indivíduo a subir de carne e osso para o céu, eu seria o primeiro a ir de carne e osso para o inferno. A torá teria que ser reescrita.

Pela primeira vez, ele olhou em minha direção, como se só agora tivesse notado que eu de fato estava lá, ajustou seus óculos com o dedo indicador e disse?

— Você é judeu também?

— Não. Só curioso. Gosto de religião. Na verdade, estudo religião. Qualquer coisa que me faça distrair de minha própria mortalidade.

— Te entendo. Veio aqui para vir na sinagoga?

— Não, me indicaram a livraria ali em frente.

— Livraria muito boa. Procurando alguma coisa em específico?

— Acho que sim. Só não sei o que é.

— Complicado. Vamos lá, então.

Fomos até a livraria. Com certeza, era uma livraria muito boa, o espaço amplo com pesados lustres de cristal pendendo do teto. O segundo andar parecia uma sacada, era possível subir, olhar os livros e ainda continuar vendo o primeiro andar. Grades de ferro protegiam de uma queda. Passeando o olhar pelos livros, vi o *Coração é um Caçador Solitário*, de Carson McCullers. Com um nome desses, não tinha como não notar. Comecei a folhear o livro e Allen chegou ao meu lado e disse:

— Se quiser se sentir bem, acho que não é uma boa pedida.

— Não sei se quero me sentir bem. Talvez só sentir seja suficiente.

— Então este é o livro certo para você. Está a fim de tomar um café?

— Claro.

Paguei o livro e saímos. Em todo o caminho, ele falava sem parar. Sua voz aguda, levemente desafinada, era irritante no começo, mas depois que você se acostumava, não chegava a incomodar. Apesar de ser um hipocondríaco egoísta, tinha opiniões interessantes. Já estávamos no terceiro café quando perguntei qual era sua maior qualidade e obtive a seguinte resposta:

— Capturo a alma das cidades. Consigo vê-las. Quando estou caminhando pelas ruas, consigo escutar meus passos ressoando nos passos dos que passaram e dos que passarão. Não é algo fácil de fazer. A essência está nas pequenas coisas. Tenho microepifanias enquanto caminho. Às vezes, acontece quando vejo um papel na sarjeta. Uma idosa, que nunca ajudo, tentando atravessar a rua. A posição de uma planta.

— E o que essas microepifanias te dizem?

— Não sei colocar em palavras exatamente. Me dizem o que preciso ouvir. A essência está na simplicidade. No efêmero. Estava tendo problemas com uma cidade uma vez. Em ver sua alma. Sua verdade. Quando tenho esses problemas, caminho pelos cantos mais solitários da cidade para tentar ver alguma coisa. Minhas pernas estavam cansadas quando sentei em um banco e vi fumaça saindo de três chaminés diferentes. Aquela fumaça conversou comigo. Pareceu se ordenar em uma língua ancestral feita especificamente para falar comigo. Naquela hora, soube o que fazer. Qual história precisava contar.

— Trabalha com o quê?

— Pode-se dizer que conto histórias.

— Legal. Minha vontade é contar histórias também. Só não sei se as histórias que tenho para contar valem a pena ser contadas.

— Com certeza, valem. Se não valessem, você não teria vontade de contá-las. Escuta — disse, olhando no relógio — eu tenho que encontrar com minha esposa agora. Qualquer dia desses conversamos mais. Estou sempre naquela área.

— Combinado. Prazer em te conhecer.

Ele se levantou e foi embora. Nunca mais vi aquela figura pela cidade, provavelmente porque não voltei até a sinagoga. Apesar disso, a conversa que tivemos tinha sido o que eu precisava. Peguei meu livro e voltei para casa. Enquanto ficava maravilhado pela história do protagonista surdo, ficava mais tranquilo e mais confiante. Não tinha dúvidas de que encontraria a especialidade mais adequada para mim.

Começamos o internato de Clínica Médica. O último. Todos os nossos veteranos diziam que o semestre final, quando poderíamos escolher em quais especialidades iríamos passar, era sossegado, portanto, quando acabasse o internato de Clínica, finalizaríamos a faculdade, os últimos seis meses seriam só para esperar chegar a formatura. Comecei rodando na unidade de terapia semi-intensiva, que eram leitos para os pacientes que não estavam tão graves a ponto de ter que ir para a UTI, porém não estavam tão bem a ponto de ficar na enfermaria. Lá acompanhei minha primeira parada cardiorrespiratória no hospital. O que me impressionou foi a calma dos chefes ao dar as ordens. Sem gritos, sem desespero, uma equipe preparada para aquele tipo de situação. Nos alternávamos na hora de massagear, e o chefe pedia para as enfermeiras aplicarem as medicações adequadas. Não pudemos usar o desfibrilador desta vez, o ritmo de parada não era "chocável" (nem sempre o desfibrilador é necessário, são quatro ritmos de parada cardiorrespiratória e somente em dois são "chocáveis"). Enquanto estava na minha vez de massagear o coração, senti um estalo estranho no esterno da paciente. Depois que acabou minha vez, perguntei para o chefe o que tinha acontecido e ele me explicou. Eu havia fraturado uma costela da senhora. Ao escutar isso, fiquei assustado e ele deve ter visto isso pelo meu olhar, porque me tranquilizou rapidamente, disse que era perfeitamente normal fraturar as costelas durante uma boa massagem, era uma complicação esperada. Essa senhora voltou da parada e duas semanas depois teve alta hospitalar, apesar de ter ficado com um pouco de dor. Talvez até seja melhor ter um pouco de dor, a dor tefaz ter certeza que está vivo.

Também nessa unidade tive uma conversa que mudou para sempre minha vida. Eu não queria casar. Não via muito sentido na vida monogâmica e os valores matrimoniais me pareciam, há muito, esquecidos. Uma frase de Oscar Wilde havia deixado cicatrizes em meu relacionamento com o amor: "Os que amam só uma vez na vida é que são superficiais. O que eles chamam de lealdade e fidelidade é, a meu ver, letargia do hábito ou falta de imaginação. A fidelidade é para a vida emotiva o que a coerência é para a vida intelectual: simplesmente uma confissão de insucessos." Não pensava em uma relação monogâmica, queria viver a vida enquanto fosse possível, até morrer. Quando pessoas me falavam sobre amor ou me perguntavam se eu nunca tinha amado, ou qualquer outro derivado do verbo amar, uma música começava a tocar incansavelmente na minha cabeça: *What is love, baby don't hurt me, don't hurt me, no more.* Portanto, estava convencido a viver minha vida de solteirão, até que comecei a acompanhar uma senhora de oitenta anos com o diagnóstico de pneumonia. Ela estava se recuperando bem com os antibióticos e, como não tinha nenhuma outra doença, provavelmente tinha bons anos pela frente. Um dia a examinava, e perguntei como tinha passado para poder acompanhar seu tratamento adequadamente, quando ela me disse que podia ficar internada o tempo que fosse necessário, porque era sozinha, não tinha ninguém, nunca havia casado, só tinha umas vizinhas que a visitavam de vez em quando. Senti o sentimento mais arrogante que o ser humano pode ter. Pena. Uma pessoa tem que se sentir muito acima da outra para sentir pena. Odiava sentir pena. Ainda odeio. Ninguém é digno de pena, por isso, quando sinto pena, um pouco de ódio vai para mim mesmo. E aquela senhora tratando de pneumonia fez com que eu sentisse pena dela e odiei minha arrogância. Tentei racionalizar, pensar que ela terminou sozinha porque os valores da época dela eram muito diferentes dos meus, portanto existia uma chance de eu não ficar tão sozinho como ela ficara, não acabaria minha vida da maneira que ela estava acabando. Quando se é jovem, você tem charme, beleza, saúde. Pode sair na noite anterior e conseguir trabalhar normalmente no dia seguinte. Consegue conhecer pessoas. Pessoas mais jovens estão em geral mais abertas a fazer novas amizades. Enquanto se tem saúde, se é capaz de aproveitar a vida. E quando está doente? Quando está em um leito de hospital à beira da morte, seus pais já morreram, seus irmãos estão tão doentes quanto você, alguns dos seus amigos estão doentes, alguns no cemitério, outros deixaram de ser seus amigos. Quem vai ficar ao seu lado? Será que eu queria passar meus últimos dias torcendo para ficar mais dias internado no hospital, só para ter alguém com quem conversar? Será que meu futuro seria falar para meu médico me deixar o maior número de dias possível internado, para não ter que voltar para a companhia de mim mesmo? Não. Acho que eu não era tão forte assim. Era mais seguro encontrar uma companheira, alguém com quem dividir o fim dos meus dias. Não, Oscar Wilde, o casamento não extinguiu em mim o egoísmo. A possibilidade de casamento, para mim, só apareceu por eu ser extremamente egoísta. Não queria morrer sozinho. Não quero.

Outras atividades do internato eram os ambulatórios. Atendíamos as mais diversas especialidades e discutíamos os casos com os chefes. Na Clínica, tudo consistia em estudo e discussão, pesando sempre o tratamento melhor para o paciente. Era mais ou menos o que eu queria para minha vida. Não queria fazer nenhum procedimento, ter que ficar horas em pé num centro cirúrgico, só queria atender meus pacientes e definir qual o melhor tratamento. Em um dia que tive a tarde de folga, lembrei-me de minha conversa com Allen e resolvi ir a um lugar que nunca tinha ido, uma tentativa de ver a alma da cidade, como ele falara. Fui ao zoológico. Como era um dia de semana, o lugar estava bem vazio. Éramos só eu e os animais. Zoológicos despertam uma certa dualidade em mim. Fico com vontade de devolver todos os bichos de volta a seus habitats naturais, porém adoro vê-los. Sempre gostei de documentários de animais e zoológicos. Passei pela harpia, caminhando triste, no chão. Mesmo que sua gaiola fosse imensa, ainda era uma gaiola. Os chipanzés pareciam estar brincando. O hipopótamo, em repouso na sua lagoa, só colocava o nariz para fora ocasionalmente. Como o dia estava um pouco frio, as girafas se escondiam em suas casas, de vez em quando colocavam a cabeça para fora. Os leões ficavam deitados, preguiçosamente deixando sua juba balançar ao vento. Comprei um sorvete e caminhei por um bom tempo. Meu sorvete acabou no momento em que cheguei em frente à jaula do Tigre. O Tigre parecia, naquele momento, a personificação de todo felino que já caminhou na terra. Seu andar era furioso e impaciente, andando para os lados na jaula, insatisfeito por estar preso. Suas listras negras falavam uma língua há muito esquecida pelos homens, uma linguagem de signos e sinais que mostravam o porvir. Sua musculatura se movimentava por trás de suas listras, fazendo-as mudarem, se transformarem em um alfabeto falado somente nas esquinas do oblívio, para depois se transmutarem em longos cabelos negros que os ventos balançavam. Grossos lábios vermelhos sorriam para mim, enquanto olhos negros me envolviam. Ali estava meu futuro. Sorri para ele e minha visão começou a mudar. O *Alef* em minha mão começou a arder e, subitamente, o Tigre parou a minha frente e me olhou nos olhos. Seus olhos amarelos não me olhavam como um predador olha para uma presa, sim como um professor olha para seu aluno. Em sua íris, eu vi moléculas dando as mãos e elas diziam ao meu corpo qual caminho eu devia seguir. Voltei para casa aquele dia e tinha escolhido minha especialidade. Iria fazer Endocrinologia. Teria que prestar duas provas de residência.

O internato de Clínica Médica acabou e fui para casa me preparar para o último semestre de faculdade.

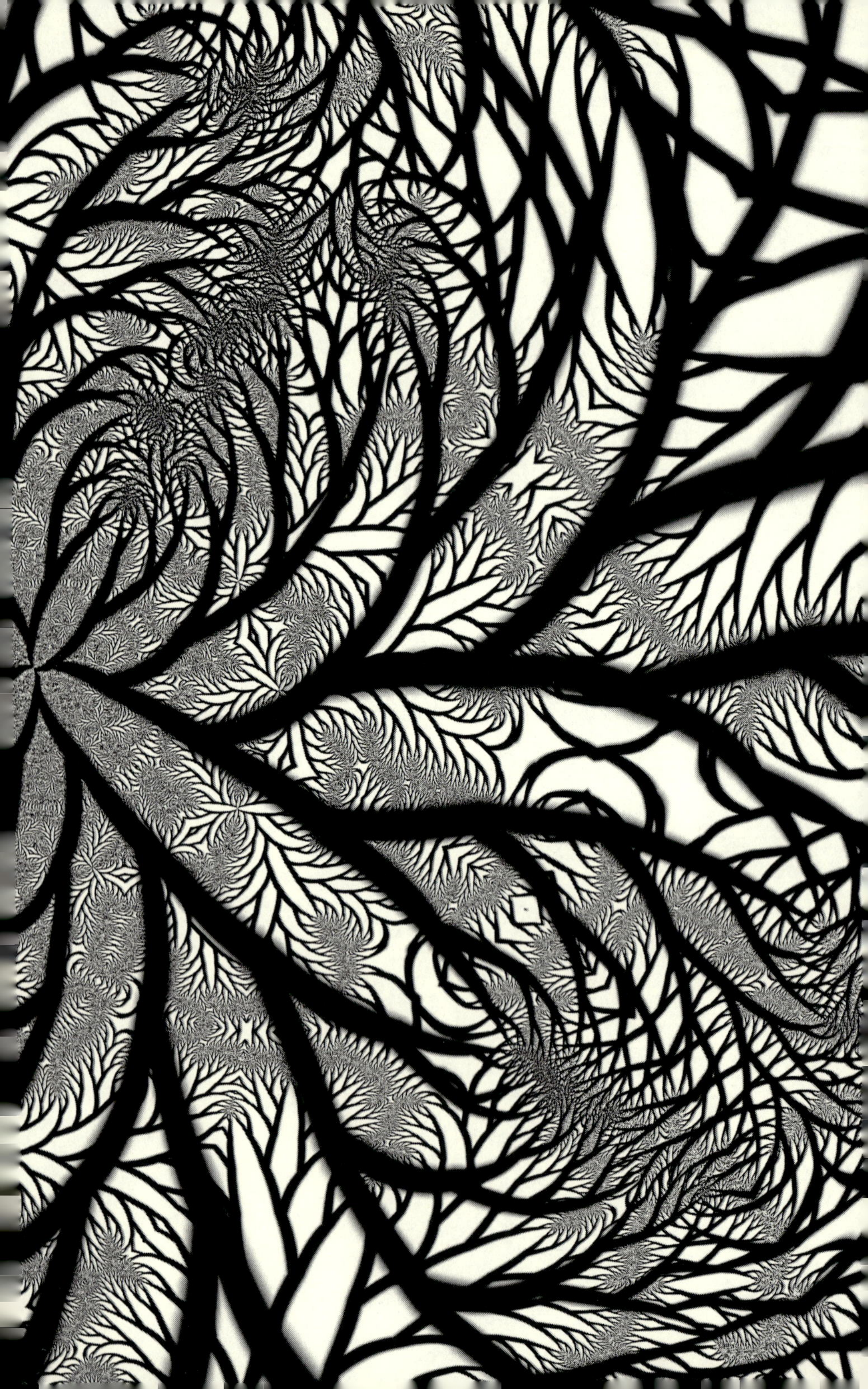

12

O último período de faculdade, apesar de ainda ser considerado internato, era bem diferente dos últimos semestres. Poderíamos escolher em quais estágios queríamos rodar e, como os professores sabiam que teríamos prova de residência no final do ano, não cobravam muito de nós. Eu estava focado em estudar, não queria deixar de fazer residência (e no final das contas este estudo valeu a pena porque passei) porém, aquele era o último período de faculdade. O ÚLTIMO. Maiúsculo. Depois daquele dia, seríamos médicos. E aí viriam os primeiros empregos, as primeiras contas para pagar. Depois que me formei, vi quão certo eu estava. A faculdade é um limbo entre a juventude e a idade adulta, que não te prepara em nada para as coisas realmente importantes que estão por vir. Só que te ensina a festar. E nós festamos. Saíamos, mais uma vez, de quinta a domingo, isso quando não tinha algum plantão da faculdade para atrapalhar, coisa rara no último período. Algumas vezes, só ficávamos em um bar assistindo futebol, mas na maior parte do tempo estávamos em boates, baladas e afins.

Apesar de procurar a mulher que tinha visto nas listras do tigre, enquanto não a encontrava podia me divertir. Saímos muitas vezes e muitas vezes mais. Depois da faculdade, eu e meus amigos dessa época fomos morar cada um em uma cidade diferente, nos afastamos, só que ninguém tira de nós as lembranças desse tempo. Uma memória feliz às vezes é mais feliz do que a felicidade em si.

Minha opção foram os estágios mais tranquilos. Não queria que a faculdade atrapalhasse minha prova de residência ou minha farra. Não se pode ter tudo. Acabei não escolhendo nada que eu queria fazer de fato, escolhi só o que era mais tranquilo. No internato de Anestesiologia, não tinha nenhuma fiscalização, ou presença, ou supervisão, por isso faltei vários dias, sem maiores problemas. O estágio consistia em acompanharmos as cirurgias junto com os anestesistas que era basicamente ficar sentado e olhar para os monitores. Um dia, estava conversando com um dos anestesistas mais novos e ele me contou do BMW que tinha comprado, do novo jipe que estava pensando em adquirir para fazer trilhas e meus olhos brilharam. Um médico ainda era capaz de conseguir tudo aquilo! Ele era muito novo, e tinha um quê aristocrático em seu discurso. Por isso, casualmente, perguntei se ele havia conseguido aquilo tudo somente com medicina. Ele começou falando que sim, trabalhava só com medicina, mas o pai dele tinha ajudado a comprar seu carro e sua casa. Aí tudo fez mais sentido. Foi-se o tempo em que médico ganhava tanto dinheiro assim. Claro que ainda temos uma das profissões mais rentáveis, porém ninguém fica milionário somente com a medicina. É preciso de um pouco de sorte e, provavelmente, muita malandragem. Ou então, uma família rica. Outro estágio que escolhi foi cirurgia vascular porque só precisaria ir ao hospital à tarde duas vezes por semana. O que eu não sabia era que, nos dias que tinha que ir à tarde, ficava junto com a enfermeira fazendo os curativos de feridas crônicas. Eram diversas úlceras com os piores cheiros do mundo, e eu tinha que ficar lá, vendo as feridas, trocando as faixas. Com o tempo, você até consegue acostumar. Um dos dias em que fiquei chateado foi quando vi a perna de uma senhora com uma úlcera venosa imensa que ocupava quase toda a panturrilha, expunha as artérias e parte do osso. Era a maior úlcera que tinha visto. O chefe disse que aquilo era indicação de cirurgia, teríamos que amputar a perna, existia um risco grande de osteomielite se não fizéssemos isso. A senhora começou a chorar, disse que havia cuidado muito tempo daquela perna e que não admitiria que a amputassem. Era um membro que não funcionava, ela não podia apoiar o peso do corpo naquela perna, sentia uma dor intensa na úlcera e podia perder a vida caso pegasse uma infecção, ainda assim se recusava a permitir a amputação. Não consegui ver o sentido daquilo, até que me lembrei de *Nascido em Quatro de Julho*, de Oliver Stone. O personagem principal fica paraplégico e em um momento falam em amputar uma de suas pernas e ele se recusa veementemente. É muito difícil se desapegar de algo que nasceu conosco.

    O único optativo que escolhi porque queria aprender foi em infectologia. Durante a faculdade gostei muito dos mecanismos de ação dos antibióticos, qual a terapia indicada para cada infecção. Além de antibióticos, infectologia trabalha com outra doença muito prevalente e muito interessante: SIDA. Os chefes da infectologia eram muito prestativos, interessados em ensinar, por isso aprendi muito, conhecimento que ainda uso em minha prática clínica. Outra coisa que aprendi foi a não confiar nos pacientes. Pacientes são seres humanos. "Todos mentem. Os mocinhos perdem. O amor não triunfa no final." Kevin Spacey já tinha me ensinado essa lição. Um dos pacientes HIV positivos não respondia bem ao tratamento, apesar de estar com um dos esquemas antirretrovirais mais avançados. Internamos, começamos com antibióticos e ele começou a melhorar. Depois entramos novamente com o esquema contra o vírus HIV, mas suas células de defesa não melhoravam. Os chefes acreditavam que ele estava desenvolvendo uma nova cepa de vírus resistente a tudo, porém uma das funcionárias da limpeza, quando entrou em seu quarto, viu um volume estranho na fronha do travesseiro. Ao tirar a fronha, encontrou um monte de comprimidos escondidos. O garoto (o paciente tinha somente vinte e um anos) não estava tomando os remédios, desperdiçando um tratamento que custava milhares de reais ao Estado, simplesmente porque não queria tomar os comprimidos. Nós explicamos para a família que, se ele não fizesse o tratamento, iria a óbito e se não tomasse os remédios iria ter alta do hospital por recusa ao tratamento. Ele disse que tomaria a medicação corretamente e não esconderia mais os remédios. Depois de uma semana, continuou ruim. Depois de duas semanas, morreu. Quando foram limpar seu quarto, acharam os comprimidos escondidos dentro de um buraco que fizera no colchão.

O último dos meus optativos acabou sendo cirurgia do aparelho digestivo. Não era um dos estágios mais tranquilos, porém os residentes eram muito bons e, como pretendia fazer residência em Clínica Médica, achei melhor sair com uma boa formação em cirurgia da faculdade. Pode parecer uma incoerência, entretanto, pensei o seguinte. Vou trabalhar minha vida inteira com clínica, então melhor ver bastante sobre cirurgia enquanto ainda estou em formação. Tinha a pretensão de ser um médico bom, um médico completo. A rotina era acordar cedo, avaliar os pacientes, resolver as pendências de manhã e, à tarde, ou ir ao centro cirúrgico ou ao ambulatório. Não era muito difícil, só que tomava muito tempo, por isso era obrigado a estudar para a prova de residência médica até mais tarde. Estudar é muito chato, mas saber é muito legal. Pena que não se pode ter um sem ter o outro. Um dia, um senhor de quase setenta anos foi internado com diagnóstico de colelitíase (pedra na vesícula), uma doença simples, tratável com uma cirurgia mais simples ainda. Fiquei encarregado de fazer sua admissão na enfermaria para que fosse operado no dia seguinte. Na admissão, temos que fazer uma entrevista um pouco mais longa, perguntar sobre doenças prévias, alergias medicamentosas, vícios, ou seja, histórico de saúde em geral. Apesar de já ter fumado e bebido muito, não fazia nenhuma destas coisas há mais de dez anos. Depois que seus netos nasceram, ele decidiu que queria vê-los crescer, por isso adotou uma vida mais saudável. Acabei gostando do senhor e, como o dia estava tranquilo, conversei um pouco mais do que o necessário com ele:

— O senhor se casou com quantos anos?

— Casei novo. Com vinte e quatro anos já estava casado. Naquela época, era a idade normal, sabe? Mas não me arrependo, não. Não tem nada melhor do que casar e viver com a mulher que você gosta.

— E o senhor nunca a traiu, não?

— Nunca. Não via motivo para arriscar aquilo que tinha com ela. Uma relação de tanto tempo é construída com muita dedicação, confiança, não vale a pena colocar isso em risco por qualquer aventura. Sabe, não entendo esse pessoal que fala que é romântico e acredita em amor à primeira vista. Nunca acreditei, e acho que isso é mais romântico do que tudo. Já pensou se eu acreditasse? Se, depois de vinte anos de casado, eu visse uma mocinha na rua e acreditasse que estava perdidamente apaixonado. Ia ser obrigado a largar minha esposa. No primeiro ano, pode até ser que fosse tudo bem, mas depois veria as calcinhas velhas, ela cheiraria meus peidos fedidos (ele disse e riu), veria minhas rugas se multiplicarem. Sei lá, no começo você passa por cima de muita coisa, depois de um tempo você vai aceitando, acostumando com a outra pessoa, aí sente liberdade de ser você mesmo. Quando uma pessoa te aceita depois de tanto tempo, é porque já sabe de todos os seus defeitos e continua com você mesmo assim, porque sabe que suas qualidades são mais importantes. É isso que tem que procurar em uma pessoa. Sabe, meu filho, eu tenho na minha cabeça que os cafajestes podem ser de dois tipos. Os pequenos filhos da puta e os grandes filhos da puta. Aquele cara que é casado, trata bem a mulher, trata bem os filhos, porém dá umas escapulidas e transa com uma mulher diferente de vez em quando é o pequeno filho da puta. Porque ele não vai abandonar a família, não vai abandonar a esposa. Apesar de ser mentiroso e trair a confiança da mulher, o que o torna um filho da puta, ele vai sempre estar lá pela família, que faz dele um pequeno filho da puta. O grande filho da puta é o romântico. É o que não só empata a vida da esposa como a da amante. Ele acredita no amor. Acha que ama a esposa e a amante também. Considera-se um coração incompreendido, uma alma atormentada, um pobre coitado, escravo dos desígnios do amor. Esse é o grande filho da puta.

Porque ele não sabe o que quer. Não sabe o que fazer. E tem gente que acha que esse é o romântico. Faça-me o favor, né?

— O senhor tem um ponto de vista interessante. Vou pensar nisso. No que o senhor trabalha?

— Pedreiro. A vida inteira fui pedreiro.

— Gosta?

— Gostar eu gostava era de tomar uma cervejinha e fumar meu cigarro no fim do dia. Mas não sofria para ir trabalhar, não. Trabalho não é algo que você tem que ser apaixonado. É algo que não pode doer quando faz, não precisa ser a razão de viver. Minha razão era minha vida em si. Minha família. Meu futebol. Agora meus netos. É sentar na rede e ler uma história. Pescar. A gente trabalha pra viver bem. Conseguir fazer as coisas que a gente gosta. Como você tá sendo gentil, menino, pode colocar aí que de vez em quando eu ainda tomo uma dose de whisky. Mas é só de vez em quando mesmo. Uma vez por mês, no máximo.

— Pode deixar que eu aviso para o pessoal, isso não vai atrapalhar a cirurgia, pode ficar tranquilo. Agora tenho que ir ver os outros pacientes, foi um prazer conversar com o senhor. Amanhã vou ver se acompanho sua cirurgia.

— Acompanha mesmo, vou ficar mais tranquilo. Bom serviço para você.

Saí do quarto do paciente, fiz minhas anotações no prontuário e perguntei se podia ir para o centro cirúrgico na manhã seguinte, queria acompanhar a cirurgia dele. Os residentes não viram nenhum problema. No dia seguinte, fui até o centro cirúrgico, cumprimentei os residentes. O senhor já aguardava na mesa de cirurgia, ainda acordado. Ele sorriu ao me ver e retribui o sorriso. Logo depois, dormiu, pelo efeito dos anestésicos.

Os campos cirúrgicos foram colocados, a câmera foi preparada (seria uma cirurgia por vídeo), tudo estava tranquilo. O residente, com o auxílio do chefe, começou o procedimento, que em geral é rápido. Quando o cirurgião conseguiu filmar a vesícula, viu que havia alguma coisa estranha. A dissecção estava difícil, o órgão não tinha a característica de uma vesícula com cálculos. O chefe disse que estava com medo daquilo ser um câncer e optou por converter a cirurgia por vídeo para aberta. Fizeram a conversão, conseguiram retirar a vesícula por completo, após um meticuloso trabalho, com precisão, literalmente, cirúrgica. O cirurgião colocou a vesícula na mesa e, por curiosidade, abriu-a para expor seu conteúdo, averiguar se tinha algum cálculo. Um líquido espesso saiu, porém nenhum cálculo. Em seu interior, uma espécie de tumoração, com aspecto de couve-flor, desabrochava. Linhas vermelhas manchadas por negro no interior daquele saco orgânico de bile. Os padrões da vegetação eram lindos. Eu segurei o tumor em minhas mãos e aproximei-o dos olhos. Senti minha mão arder, uma luz forte atingir meus olhos. Por um momento, eu fui tudo. Vi presente, passado e futuro. Vi uma batida de carros em Jacarta, um ladrão de carteiras em Lisboa, um atropelamento em Curitiba. O mundo se desabrochava sob meus olhos e em meu egoísmo eu não me interessava pelo mundo. Somente eu me interessava. EU. Vi a casa onde nasci. Dela saía uma serpente negra que buscava o próprio rabo, sem nunca alcançar. Dentro do oroboro, uma mulher de cabelos, olhos, sobrancelhas negros me lançava seu olhar enigmático e convidativo. Iria aprofundar mais minha visão quando senti um toque em meu ombro e desviei o olhar. O residente que havia feito a cirurgia me perguntou se eu estava bem. Olhei novamente para o tumor e, desta vez, vi uma massa disforme de carne morta. Pensei no pobre senhor que ainda teria uma longa batalha pela frente. Sem hesitar, respondi que estava. Tirei as luvas e o capote cirúrgico. O *Alef* havia desaparecido da minha mão.

Fecho meus olhos. Abro-os novamente. Hoje foi um dos raros dias em que não tive que sair de meu quarto subterrâneo para atender nenhum paciente, fiquei somente aqui, escrevendo. Esfrego a palma da mão em que outrora Asterion deixou sua marca. Marca que percorreu os buracos de minhoca do tempo para depois, através das entrelaçadas linhas que tecem a existência, desaparecer. Checo se o telefone está de fato no gancho, nunca fiquei um plantão inteiro sem atender uma pessoa sequer. Escuto o tuuuu monótono da linha telefônica vazia. Vejo a tela em branco abaixo das linhas escritas. Fecho o computador.

13

A faculdade terminou cerca de um mês antes da formatura. Tive que voltar para Curitiba depois de passar esta temporada em casa. Sempre achei colações de grau extremamente chatas, entretanto, todos diziam que quando é a sua própria colação era diferente. Não foi. Minha colação foi uma das mais chatas da face da Terra. Durou três horas. Eu não acreditava naquilo. Quando recitei o juramento de Hipócrates, nunca me senti tão hipócrita: "Guardarei castidade e santidade na minha vida e na minha profissão." Sério? Sério mesmo? Castidade? Faça-me o favor. "… Não darei pessário abortivo às mulheres." Sou a favor da legalização do aborto até doze semanas de gestação. Estas são só algumas das coisas, depois leiam o juramento, não faz o menor sentido nos dias atuais. Tentei conversar com alguns de meus amigos sobre isso, porém todos achavam que o juramento era necessário e, apesar de não ser cem por cento verdadeiro, ainda tinha muitos valores importantes. Meus amigos. Se for para não jurar cem por cento, não jure. Pronto. Mas tudo que é ruim chega ao fim. Inclusive minha colação de grau. Na minha formatura, teve uma missa para abençoar os formandos. Não fui. Não fazia sentido pedir a benção de um Deus egoísta, cujos preceitos optei por não seguir. O coquetel, a festa pós-colação, o baile, estes sim foram importantes. As pessoas de quem eu gostava viajaram mais de mil quilômetros para prestigiar minha festa. Ficamos bêbados, felizes. Agora estou aqui em mais um domingo, depois de atender cerca de trinta pacientes. Ao contrário do plantão anterior, este está bem movimentado. O engraçado é que, apesar de ter finalizado os doze períodos de faculdade no plantão anterior, ainda sentia que estava faltando alguma coisa. Eu não vou parar de dar plantões. No próximo domingo, estarei aqui em meu quartinho subterrâneo. Lembro-me das *Mil e Uma Noites*. Em árabe, a expressão mil e um (1000+1) não tem o significado literal de 1.001, mas sim de infinitas. As infinitas noites árabes. Ou simplesmente *Noites Árabes*. Não encontrei mais o Zahir. Qualquer vestígio do *Alef* desapareceu. Sou somente eu, meu carimbo e minha solidão. Em mais uma noite de domingo. Deixo vocês aqui. Com doze períodos de faculdade. Mais um.